Jörg M. Karaschewski

Die fehlende Kirche

Mystery Thriller

Impressum

Bibliografische Information der Deutschen Nationalbibliothek:
Die Deutsche Nationalbibliothek verzeichnet diese Publikation in der Deutschen Nationalbibliografie; detaillierte bibliografische Daten sind im Internet über http://dnb.dnb.de abrufbar.

Umschlaggestaltung: Judith Bürger

Herstellung und Verlag: BoD – Books on Demand, Norderstedt

ISBN: 978-3-7543-4377-7

1

Warum waren die Fahrstühle in diesem Gebäude nur so unglaublich eng? Friederike bugsierte ihren kleinen Transportwagen mit 150 neuen DVDs gekonnt in die winzige Kabine des Aufzugs. Auf dem Weg in die 2. Etage der Stadtbibliothek Bremen, in der sie vor vier Wochen ihr Freiwilliges Soziales Jahr Kultur begonnen hatte, grübelte sie darüber nach, welchen Sinn so kleine Fahrstühle in einer großen Bibliothek hätten.

Ihre Gedanken zu Dimensionierungen vertikaler Erschließungselemente -so hatte vor ein paar Tagen der Kollege vom Personalrat die Fahrstuhlanlage genannt- lenkte sie ganz bewusst von ihrem aufkommenden unguten Bauchgefühl ab.

Im 2. Stockwerk der Bücherei befand sich die umfangreiche Sachbuchabteilung. Dort gab es zudem eine große Anzahl von Dokumentarfilmen zu den verschiedensten Themenbereichen. Digitale Medien nahmen immer größere Bereiche der Bibliothek ein, nur mit Büchern allein konnte man heutzutage niemanden mehr in eine Bücherei locken.

Die Tür des kleinen Lifts öffnete sich vor Friederike mit einem leisen Poltern. Vorsichtig lenkte sie ihren Transportwagen in den Raum. Sofort hatte sie wieder dieses eigenartige Gefühl, als würden ihr die Ohren zufallen, wie beim Start eines Flugzeugs oder beim Bergsteigen. Nur half hier kein Druckausgleich, sie hatte es bei ihrem ersten Besuch in der Sachbuchabteilung probiert als ihr vor einigen Wochen das Gebäude gezeigt wurde. Erfolglos. Es war eine drückende Stille im Raum, die ihr beim Eintritt entgegenschlug. Eine fast unnatürliche Ruhe, die eine versteckte tiefsitzende Angst auszulösen schien.

Sie versuchte das Aufkommen des unguten Gefühls beiseite zu schieben indem sie sich auf ihre Aufgabe konzentrierte. Da war es auch schon passiert. Ihr Wagen eckte am Fuß des ersten Buchregals auf ihrem Weg an und wie in Zeitlupe sah sie eine DVD nach der anderen, mit lautem Krachen auf den glatten PVC-Boden fallen. Alles ging jedoch tatsächlich so schnell, dass sie keine Möglichkeit hatte die Kaskade zu stoppen. Als sie endlich mit der Hand an der Wagenseite den Strom fallender DVDs unterbrochen hatte, war bereits fast die Hälfte aller Filme auf dem Fußboden verteilt.

Plötzlich überwog der peinliche Eindruck ungewollt im Mittelpunkt zu stehen. Flugs und so leise wie irgend möglich sammelte sie die zahlreichen Hüllen ein und stapelte sie wieder sorgsam auf dem kleinen Transportwagen. Nicht nach links oder rechts schauend machte sie sich auf den Weg in den Bereich der neuen Medien.

Warum sich die DVDs in einer der hintersten Ecken der Abteilung befanden erschien ihr bei ihrem ersten Besuch unverständlich, heute war sie dankbar, sich auf diese Weise aus dem Blickfeld der anderen Mitarbeiter und Besucher bewegen zu können.

Das Händezittern und der erhöhte Herzschlag ließen bald nach und sie begann die Filme in die Regale zu sortieren. Täuschte sie sich oder waren ihre Ohren auch nicht mehr zugefallen? Insgesamt hatte sie den Eindruck, dass auch das bedrückende Gefühl fast verschwunden war. Was man sich so alles einbilden kann.

Nach einer halben Stunde steuerte sie mit ihrem Wagen wieder auf den winzigen Fahrstuhl zu. Die Tür des Aufzugs bereits in Sichtweite spürte sie es erneut, drückende Stille, aufkommende Angst. Sie schaute sich um. Niemand der anwesenden Besucher schien ähnliches zu spüren, alle gingen fokussiert ihren Tätigkeiten nach als würden sie diese brüllende Stille nicht spüren oder sie gar mögen.

Sie beschleunigte ihren Schritt und hoffte insgeheim, dass die Kabine noch dort war, wo sie sie vor einer halben Stunde verlassen hatte. Von einer befreienden Erleichterung durchflutet sah sie das Licht der Fahrstuhlkabine, lenkte ihren Wagen wieder geschickt hinein und drückte den Knopf zum Erdgeschoss. Als die Tür sich schloss, verschwanden auch die aufkommenden Angstgefühle.

Friederike würde diesen Bereich der Bibliothek künftig meiden. Nicht nur aus Angst, alle dort würden sich sofort an ihr Missgeschick mit den Dokumentarfilmen erinnern, nein, da war auch etwas anderes. Sie konnte es nicht beschreiben aber es war da und es war nichts Gutes.

2

David Shriner war mit sich und der Welt im Reinen. Er hatte gerade eine längere Artikelserie über die Einflüsse Deutscher Einwanderer in den USA bis zum 1. Weltkrieg erfolgreich abgeschlossen. Die Leser des Buffalo Herold waren ihr begeistert gefolgt und spekulierten in zahlreichen Leserbriefen über alternative Szenarien ohne Kriegseintritt der USA. Viele Amerikaner besannen sich wieder ihrer deutschen Wurzeln, da passten Davids fundierte aber sehr verständlich formulierte Beiträge aus dem Land ihrer Vorfahren genau in die Zeit.

David war freier Journalist, den es vor jetzt über zehn Jahren nach Norddeutschland verschlagen hatte. Schon damals merkte er, dass er mit seinen geschichtlichen Themen aus der Alten Welt in seiner Heimat einen Nerv getroffen hatte.

Als er nach Deutschland kam, bestand seine Tante Ilse darauf, dass er zunächst bei ihr wohnen müsse. Tante Ilse lebte in einem kleinen Ort in Niedersachsen. Er war nicht besonders schön und hatte auch kulturell nichts zu bieten aber David merkte schnell, es war genau der Ort, der ihm guttat. Fast schon eintönige Ruhe, keine wesentlichen Veränderungen, Menschen grüßten sich, wenn sie aneinander vorbei gingen und ein großer Wald direkt am Ende der Straße.

Als Tante Ilse vor vier Jahren verstarb, vermachte sie David nicht nur das Haus, das ihr Mann Ende der 1950 selbst entworfen und gebaut hatte, sie hinterließ ihm auch ein kleines Vermögen. Seinen Onkel Werner hatte er nie kennengelernt. David wusste nur, dass er im Maschinenbau und bei der Entwicklung technischer Neuheiten im Fahrzeugbau tätig gewesen war. Im Krieg entwickelte Onkel Werner Motoren für den Holzgasantrieb.

Beide lebten ausgesprochen sparsam und kaum ein Nachbar ahnte wohl von dem Wohlstand der beiden. Aber sie waren glücklich so wie sie lebten. Und nun konnte David dank dieses Erbes ein unbekümmertes Leben führen und nur die Themen und Aufträge bearbeiten, zu denen er wirklich Lust hatte.

Er bog in seine Straße ein. Hier reihten sich vor dem Wald einige schnuckelige Einfamilienhäuser aus den 1950ern aneinander. Die Gärten waren für heutige Verhältnisse schon fast zu groß und da David der grüne Daumen fehlte, teilte er sich einen älteren Gärtner mit seinem Nachbarn Joachim.

Sein alter 5er BMW rollte fast lautlos in die kurze Einfahrt vor der Doppelgarage. Er machte sich nicht die Mühe, den Wagen in die Garage zu fahren. Sein Kühlschrank war fast leer und auch Getränke fehlten. Auf alle Fälle musste er nachher nochmal los.

Im Hereingehen sammelte er die auf dem Boden des Windfangs verteilte Post ein und legte sie auf die Ecke eines Schränkchens in Flur. In der Küche stand auf dem uralten, mit dickem weißem Lack lackierten Küchenschrank seiner Tante, eine angebrochene Flasche Pinotage. Er schenkte sich ein kleines Glas ein und genoss auf dem Weg in das Wohnzimmer den unglaublich voluminösen Duft dieser südafrikanischen Eigenzüchtung.

Zwei kleine Schluck dieses Rotweins erfüllten ihn mit einer wohligen Wärme und inneren Zufriedenheit. Er griff nach seinem auf dem Tisch liegenden Laptop und verfolgte interessiert wie die neuen E-Mails geladen wurde. Ein Name stach ihm sofort ins Auge. Nick Kirstein war Chefredakteur des New York Mirror. David hatte in seinen frühen Jahren ein gutes Jahr in der Redaktion des Mirror gearbeitet und dort viele gute Kontakte aufbauen können. Nick war damals ein junger eher unbeachteter Redakteur für Klatsch und Tratsch aus der Gesellschaft, mit dem sich David schnell anfreundete. Irgendwann nutzte Nick seine breit gestreuten Kontakte um auch im Politikbereich Fuß zu fassen. Die Schnittmengen beider Bereiche waren viel größer als seine Kollegen sich vorstellen konnten und so avancierte der eher unbeachtete Gesellschaftskolumnist zu einem gefürchteten und gefeierten Ausnahmejournalisten, der scheinbar alles über jeden Politiker und Prominenten wusste.

David blickte auf die kleine Uhr an der Wand, in New York war es jetzt Mittag. Das war die beste Zeit, um entspannt mit Nick zu sprechen. Er griff zum Telefon und ließ die eigespeicherte New Yorker Nummer wählen. Bereits nach wenigen Sekunden meldete sich die vertraute Stimme von Nick. „Auf dich ist immer Verlass. Wenn man dir ein Informationsbröckchen hinwirft, schnappst du neugierig wie ein Waschweib zu."

David lachte: „Glaube ja nicht, dass du mich so einfach im Griff hast. Suchst du eigentlich noch immer die Mülltonnen der New Yorker Prominenz nach brauchbaren Informationen durch?" Nick wusste die Anspielung auf seine frühen Jahre gut zu nehmen: „Na klar, nur sind die Mülltonnen der Politiker deutlich größer und der Inhalt stinkt bei jedem erbärmlich." Natürlich wühlte Nick nicht mehr selbst, er wusste jedoch um die Wichtigkeit investigativer journalistischer Basisarbeit.

„Irgendwann schicke ich dir ein Paar achsellange Gummihandschuhe, die kannst du dann in dein Büro hängen und jungen Journalisten Angst machen" witzelte David. Diese Handschuhe lagen schon seit Monaten versandfertig in seinem Arbeitszimmer.

„Was kann ich für dich tun, Nick? Beim Querlesen habe ich etwas vom Wiederaufbau einer Kirche und amerikanischer Hilfe gelesen."

„Genau, aber lass mich dir erstmal die Vorgeschichte erzählen, dann hast du das ganze Bild."

„Leg mal los. Ich habe ein Glas Wein und alle Zeit der Welt für dich."

„Als unsere 8. Air Force 1943 nach Europa verlegt wurde, war eines ihrer primären Ziele die Zerstörung der Hafen- und Industrieanlagen von Bremen. Bei einem dieser Angriffe, am 20. Dezember 1943 schlug eine Sprengbombe an das Fundament von Bremens höchstem Kirchturm. Die Kirche St. Ansgarii lag in der Bremer Innenstadt und hatte einen gut 320 Fuß hohen Turm. Dieser Turm wurde von unseren Bomberpiloten gerne als Orientierungspunkt genutzt. Wie durch ein Wunder blieb er nach dem Angriff stehen. Erst einige Monate später gab die geschwächte Bausubstanz nach und der Turm stürzte am 1. September 1944 zur Seite, direkt in das Kirchenschiff hinein."

David überlegte kurz, ob er diese Geschichte schon einmal gehört hatte. Er war ein paarmal in der Bremer Innenstadt gewesen, hatte sich hierbei aber mehr um die Geschichte der Häfen und der Auswandererbewegung gekümmert.

„Leider nicht das einzige Stück Kulturgut, dass dem Krieg zum Opfer fiel." bemerkte er trocken.

Nick fuhr fort: „Die Trümmer der Kirche wurden in den 1950er Jahren vollständig beseitigt und eine Kirche gleichen Namens in einem anderen Stadtteil errichtet. Inzwischen gibt es in Bremen aber einen neuen Verein, der die alte St. Ansgarii Kirche an ihrem ursprünglichen Standort wieder aufbauen möchte."

„Spannende Geschichte, aber was kann ich für dich tun?" rätselte David.

„Du bist doch ein Profi darin, die deutschstämmige amerikanische Öffentlichkeit für die deutsche Geschichte zu interessieren. Stell dir vor David, Amerikaner sammeln für den Wiederaufbau von St. Ansgarii. Was für eine Geste, was für ein Symbol. Das wäre der Handschlag über den Ozean, den wir heute so dringend brauchen. Und du kannst mit einer Artikelserie den Stein ins Rollen bringen. Das wird besser als der Wiederaufbau der Frauenkirche in Dresden. Da lag die halbe Kirche ja noch jahrzehntelang als Puzzle herum und die Briten verstehen halt nichts von guter PR Arbeit."

Der Gedanke entwickelte sich in Davids Gehirn. Tausende deutschstämmige Amerikaner würden kleine Spenden leisten, würden Paten für einzelne Steine werden oder würden ihren Namen auf einem kleinen Messingschild an einer Kirchenbank wissen. Thoughts and prayers. Hilfe für gute Christenmenschen lag den Amerikanern quasi im Blut. Für die Weihung der Kirche würde man mindestens den Vizepräsidenten verpflichten können. Was für ein Schritt der Freundschaft in den angeschlagenen transatlantischen Beziehungen. Binnen weniger Sekunden hatte er im Kopf bereits ein griffiges Konzept gestaltet.

Nick sah förmlich vor seinem geistigen Auge wie es in David arbeitete. Er ahnte schon vor seiner E-Mail, dass David auf die Geschichte anspringen würde. „Also David, möchtest du die Artikelserie zum Kirchenbau machen? Du bist der Beste für das Thema, das weißt du."

Fast schon ein wenig zu schnell hörte David sich sagen: „Ich habe den Schreibtisch zwar gerade ziemlich voll, aber für dich mache ich das natürlich. Honorar wie üblich?" „Wie immer wird dein Honorar meine Zeitung in die Nähe der Insolvenz treiben" lachte Nick. „Und nach der Auflagenerhöhung durch meine Serie fliegst du die ganze Redaktion wieder nach Vegas. Diesmal komme ich aber mit. Egal, ich arbeite mich ein und melde mich dann wieder bei dir. Danke, dass du an mich gedacht hast Nick."

David legte das Telefon wieder auf den Tisch, griff gedankenversunken nach seinem Weinglas und leerte es in einem Zug. Er musste noch schnell Weinnachschub und etwas Essbares kaufen, es würde eine sehr lange Nacht werden. Oh, wie er diese Anfangsrecherchen liebte.

3

Die Bremer Krankenkasse für Handel und Industrie lag mit ihrem Hauptgebäude nur wenige Schritte von der Schlachte, der Weserpromenade in Bremen, entfernt an der Martinistraße, direkt neben der St. Martini Kirche.

Ute Plander schob den vor ihr liegenden Antrag auf Krankentagegeld hin und her. Ihre Konzentration litt nachhaltig, wenn sie so hungrig wie jetzt war. Das 8 zu 16 Intervallfasten wurde ihr von ihrer Ernährungsberaterin empfohlen, zeigte sogar erste sehr positive Ergebnisse, trotzdem fraß der Hunger sie jetzt förmlich auf. Ihre 16 Stunden ohne Mahlzeit endeten gleich um 12:30 Uhr, dann begannen die acht Stunden, in denen Essen in jedweder Menge erlaubt war. Der Verzicht auf ihr geliebtes Frühstück fiel schwer und ihr Körper wollte sich mit diesen neuen Essenszeiten einfach noch nicht anfreunden.

Wie in Zeitlupe zogen sich die letzten Minuten dahin. Dann zeigte die Systemuhr ihres Computers die erlösende Uhrzeit. Normalerweise würde sie bei gutem Wetter in eines der zahlreichen Lokale an der Schlachte gehen und beim Essen auf die Weser blicken.

Heute allerdings war typisches Bremer Schmuddelwetter. Leicht windig, mit einem fiesen Nieselregen und einer Wolkendecke, die es den ganzen Tag nicht wirklich hell werden ließ. Insofern machte sie sich auf den Weg zur betriebseigenen Kantine im dritten Stockwerk des Bürogebäudes. Das Essen dort war nicht die große Küche eines klassischen Restaurants, aber es war ehrlich gekocht, eigentlich immer ziemlich lecker und machte satt.

Sie zwang sich an den Türen des Fahrstuhls vorbei hin zum Treppenhaus und ging die zwei Etagen nach oben. „Trimm dich auf der Treppe" versuchte ein DIN A4 großes Schild an der Wand Fahrstuhlfahrer für den Fußweg die Stufen hinauf zu motivieren.

Was sie nicht bedacht hatte, viele Kollegen orientierten sich bei ihren Essenszeiten auch jeweils an der vollen und an der halben Stunde. Entsprechend gut besucht war es. Ute Plander reihte sich, von ersten Anzeichen einer deutlichen Unterzuckerung gezeichnet, in der Reihe der hungrigen Kolleginnen und Kollegen.

Die Auswahl zwischen einer Rote Beete Suppe mit Rindfleischeinlage und Kasselernacken mit einem halben Pfirsich im Blätterteig war schnell entschieden. Die Sauce Choron zum Kasseler war einfach jedes Mal unübertroffen und so eine Suppe hielt einfach nicht lange genug vor. Zum Nachtisch gönnte sie sich ein kleines Schälchen kaltes Grießflammerie mit einer Kirschsauce.

Ihr Blick glitt durch den mit einem unspektakulären weißen Rauputz versehenen Raum. Einige Tröge mit immergrünen Hydrokulturen lockerten die große Fläche etwas auf.

Da die meisten Kollegen nur wenig Zeit für das Mittagessen erübrigen wollten, um dann abends eher gehen zu können, hatte sie sich angewöhnt alleine zu speisen. Wenn sie schon 16 Stunden des Tages nichts essen durfte, dann sollte die erste Mahlzeit des Tages aber auch genossen werden. Daher nahm sie sich Zeit und aß immer sehr bewusst.

Sie fand ein Platz an einem unbesetzten Zweiertisch. Leider nicht am Fenster, aber was nahm sie nicht alles für etwas Ruhe in Kauf.

Nachdem sie ihr Tablett auf dem Tisch abgestellt hatte, setzte sie sich mit Blick in den Raum auf den Stuhl mit der leicht schwingenden Rückenlehne. Wenn schon kein Tisch am Fenster frei war, musste der Blick auf die Kolleginnen und Kollegen als Mittagsbelustigung ausreichen.

Der Kasseler war okay, am ersten Bissen des Pfirsichs verbrannte sie sich wie fast jedes Mal die Zunge und die Sauce Choron war wie bereits erwartet göttlich. Leider gab es nur wenig Interessantes bei den anderen essenden Kollegen zu sehen. Offensichtlich keine neuen Liebschaften, auch keine Streitgespräche, keine mitgebrachten Kinder liefen herum. Alles doch ziemlich langweilig.

Sie Griff zu der am Tellerrand liegenden Papierserviette, so dass ihr Teelöffel leise mit einem metallischen Geräusch auf den Boden fiel. Mist, direkt unter den Tisch dachte sie bei sich als sie versuchte, möglichst ästhetisch ohne den Stuhl zu verlassen, den Arm so weit unter den Tisch zu dirigieren, dass sie den Löffel erreichen konnte. Es half nichts, die Wand hinter ihr verhinderte, dass sie den Stuhl ausreichend nach hinten schieben konnte. Also schob sie ihren Stuhl zur Seite und bückte sich dann komplett unter die Tischplatte.

Im Halbdunkel unter dem Tisch erreichten die Fingerspitzen ihrer rechten Hand den Löffel. Schon hatte sie ihn vollständig ergriffen, da ließ sie ihn erschreckt wieder fallen. Was leuchtete dort eben auf? Sie griff erneut in Richtung Löffel und knallte dieses Mal vor Schreck mit dem Kopf leicht gegen die über ihr befindliche Tischplatte.

Ja, sie hatte sich tatsächlich nicht geirrt. Sobald ihre Finger das Metall berührten, erschien ein bläuliches Leuchten um die komplette äußere Form des Löffels herum. Wie eine schwache Aura hielt das Leuchten an, solange ihre Finger mit dem Metall in Kontakt standen. Ließ sie ihn los, war das Licht ad hoc verschwunden.

Vorsichtig kam sie unter dem Tisch hervor, nahm sich ihre Gabel vom Tablett und beugte sich erneut herab. Auch die Gabel begann bläulich um den äußeren Rand herum zu leuchten. Das Licht war so schwach, dass man es oberhalb der Tischplatte nicht erkennen konnte. Im Halbdunkel unter dem Tisch war es jedoch klar zu sehen.

Sie war kurz versucht das Phänomen auf ihren unbeschreiblichen Hunger zurück zu führen. So unterzuckert, wie sie war, konnte eigentlich alles passieren. Wahrscheinlich war es wohl doch nur eine Spiegelung dieser grellen Halogenbeleuchtung. Ein wenig irritiert konzentrierte sie sich zunächst wieder auf die so dringend notwendige Nahrungsaufnahme.

Nach dem sie alles aufgegessen hatte, schob sie nun auch ihr Messer vorsichtig unter die Tischplatte. Da war doch wieder dieses leichte bläuliche Leuchten. Wieso hatte sie das vorher noch nie bemerkt? Von den Kollegen war zu einer solchen Erscheinung bisher nichts an ihr Ohr gedrungen. So etwas hätte doch längst die Runde gemacht. Sie blickte um sich, alles war so normal wie es nur sein konnte. Was sollen die Kollegen denken, wenn ich dauernd mein Besteck unter den Tisch halte? Dieser Gedankengang durchzuckte sie, so dass sie aufstand und sich möglichst unauffällig zur Geschirrabgabe bewegte.

Eine ältere Kollegin der Kantine nahm ihr benutztes Geschirr entgegen und lächelte sie an: „Mahlzeit Ute, gib mir mal dein Tablett. Alles okay bei dir? Was macht das Intervallfasten?"

Ute Plander wirkte noch leicht verwirrt: „Alles gut. Habt ihr irgendwas an der Beleuchtung gemacht?"

„Nicht, dass ich wüsste. Stört dich etwas?"

„Nein, nein, ist alles gut. Eure Sauce Choron war wie immer ein Gedicht."

„Oh, vielen Dank. Ich gebe es dem Küchenchef weiter. Die hat er selbst gemacht."

Ute ging zum Treppenhaus. Ein paar Schritte an der frischen Luft, würden sie wieder zur Ruhe bringen. Niemand bemerkte das bläuliche Leuchten um die Metallösen der Schuhe beider hinter ihr gehenden Kolleginnen. Kurz vor dem Treppenhaus war es einfach verschwunden.

4

Als David am folgenden Morgen seine Tasche packte, war er mit der Geschichte der St. Ansgarii Kirche in Bremen bereits weitgehend vertraut. Insbesondere auch die heftige Kontroverse um den Abriss der verbliebenen Ruine im Jahr 1959 hatte ihn sehr beschäftigt.

Er ging in die Küche, blickte kurz auf die Uhr über der Arbeitsplatte und griff dann mit einem leicht diabolischen Grinsen zum Telefon. Während die gespeicherte Nummer gewählt wurde, schenkte er sich noch einen Kaffee in seinen Becher und goss einen ordentlichen Schuss Milch aus der bereitstehenden H-Milch Packung hinzu.

Am anderen Ende der Leitung meldete sich nach längerem Klingeln eine weibliche Stimme wie aus der Tiefe einer Gruft: „Was is?".

Immer noch böse grinsend flötete er in den Hörer: „Guten Morgen Julia, meine kleine Frohnatur. Hast du Lust auf ein paar arbeitsreiche Tage in Bremen? Ich suche noch ein Helferlein."

Die Antwort kam etwas verzögert und leicht gequält: „Willst du mich verarschen, weißt du wie spät es ist?"

„Ist gleich sieben Uhr durch, da hat man das Gröbste bereits erledigt."

„David, du musst unbedingt etwas gegen deine senile Bettflucht machen. Deine penetrante Fröhlichkeit ist nicht zum Aushalten, verdammt. Okay, erzähl mal, was liegt an. Aber bitte ganz langsam."

David hatte Julia vor ein paar Jahren auf einem Historikertag in Magdeburg kennengelernt. Sie war wie er eine freie Journalistin, stand mit Anfang zwanzig aber noch ganz am Beginn ihrer Karriere.

David hatte damals an der Hotelbar versucht, sie anzubaggern oder alternativ unter den Tisch zu trinken. Beides ging jedoch fulminant in Hose. Sein Repertoire an Anmachsprüchen war schnell aufgebraucht und größere Mengen Bier und Ouzo schienen einfach an ihr abzuperlen.

Als er am darauffolgenden Morgen mit heftigen Presswehen im Kopf erwachte, entschied er sich, ähnliche Versuche künftig zu unterlassen, den Kontakt aber nicht abreißen zu lassen. Und so hatten sie bei einem gemeinsamen Katerfrühstück im Restaurant des Hotels vereinbart, dass er sie hinzuziehen könnte, falls er ein interessantes Thema für eine US-Zeitung bekommen würde. Sofern sie Zeit und Lust hätte, dieses Thema für eine deutsche Zeitung zu bearbeiten, würden sie sich das Thema aufteilen. Auf diese Weise hatte sich bei einigen Artikeln bereits eine faszinierende und vor Allem auch produktive Symbiose entwickelt.

David erläuterte ihr kurz die Geschichte um den mit Nick Kirstein diskutierten Kirchenwiederaufbau und die geplante Sammlung US-amerikanischer Hilfe.

Da Julias Aufnahmekapazität jedoch ganz offensichtlich uhrzeitbedingt ausgesprochen begrenzt war, schlug er vor, sie vom Bahnhof in Walsrode abzuholen und nach Bremen mitzunehmen sofern sie gleich packen und sich auf den Weg zu ihm machen würde.

„Ist lieb, dass du wieder an mich gedacht hast." artikulierte Julia jetzt zumindest etwas flüssiger. „Wie lange wollen wir dort bleiben? Bremen hat eine ganz gute Jugendherberge, wenn ich mich recht entsinne. Direkt an der Weser."

David lachte ein wenig in sich hinein: „Ja, ich kenne die finanzielle Lage junger Journalistinnen. Mit zunehmendem Alter lege ich jedoch Wert auf etwas mehr Komfort. Ich habe uns schon mal zwei schöne Zimmer in der Villa Leinemann gebucht. Du hilfst mir wie immer bei den Interviews und der Faktenrecherche, im Gegenzug sponsor ich dir eine angemessene Unterkunft. Ich denke in zwei bis drei Tagen sind wir durch."

Julia klang plötzlich hellwach und hochkonzentriert: „Gibt es dort einen Wellnessbereich?"

„Wenn du damit einen gediegenen Frühstücksbereich für orale Wellness meinst, na klar. Von irgendwelchen sinnbefreiten sportlichen Aktivitäten wird man dort Gott sei Dank völlig verschont."

„Das reicht mir aus."

„Da bin ich aber beruhigt."

„Okay, ich bin in ungefähr zwei Stunden in Walsrode am Bahnhof. Der Heidesprinter kommt bei dir um 09:28 Uhr an. Ich schaue gleich noch mal in den Fahrplan, aber der ändert sich eigentlich kaum."

David blickte nochmals zur Uhr an der Küchenwand: „Alles klar, ich hole dich dann nachher dort ab."

Er war sich nicht ganz sicher, ob sie seinen letzten Satz überhaupt noch gehört hatte, die Leitung war bereits tot. Wahrscheinlich hatte sie gleich nach

Heraussuchen der nächsten Zugverbindung aufgelegt und rotierte jetzt daheim beim Zusammensuchen ihrer Reiseutensilien.

David lehnte sich entspannt auf dem Küchenstuhl zurück und blickte durch das Fenster auf die Straße wo sich ortsüblich absolut nichts tat. Nun hatte der doch noch genügend Zeit für ein ausgiebiges Frühstück.

Nachdem er zwei frische Brötchen mit dünnen Scheiben Lardo Speck aus Colonnata aus seinem wohlsortierten Kühlschrank belegt hatte, blätterte er in Ausdrucken alter Bremer Zeitungen aus den 1950er Jahren. Er hatte sie alle in der vergangenen Nacht angefertigt. Die Recherche in zeitgenössischen Zeitungen, war für ihn regelmäßig eine wichtige Basis für seine Arbeit. Man musste das Rad ja nicht zweimal erfinden, falls ein Kollege schon mal über ein Thema geschrieben hatte.

Da die St. Ansgarii Kirchengemeinde bereits 1955 den Grundstein für einen völlig neuen Kirchenbau im Stadtteil Schwachhausen gelegt hatte, schien die Kontroverse in der Stadt Bremen um einen möglichen Wiederaufbau der Kirche fast entschieden. Doch große Teile der Bevölkerung wollten das Wahrzeichen und vor allem auch den höchsten Kirchturm ihrer Stadt nicht missen.

Die sogenannte Wiederaufbaugruppe Bremen machte 1957 den Vorschlag, die Kirchenruine zu sanieren und den Sitz der Bremischen Evangelischen Kirche dorthin zu verlegen. Doch die Evangelische Kirche in Bremen hatte offensichtlich gar kein Interesse daran und lehnte den Vorschlag ab.

Viele der ausgedruckten Artikel zeigten Fotos der damaligen Meinungsführer und Kontrahentenvertreter. An einem dieser Bilder blieb sein Blick kurz hängen. In den damals üblichen, eher grob gerasterten schwarz-weißen Bildern, waren dort mehrere Herren in offensichtlich angestrengten Diskussionen zu sehen. Aber es war nicht das Bild, das letztlich seine Aufmerksamkeit erregte, es war die Bildunterschrift „Unversöhnliche Kontrahenten. Vertreter der Wiederaufbaugruppe Bremen diskutieren mit weiteren interessierten Bürgern. Vorne rechts der Vertreter von Bremensis Novus".

Er notierte sich den Namen in einer Notizdatei auf dem Tablet. Bremensis Novus, wenn dieser Name bei seinen gestrigen Recherchen schon aufgetaucht war, hatte er ihn wohl überlesen. Aber es war ja auch schon spät geworden als er endlich mit allem durch war.

Apropos spät, es wurde langsam Zeit, Julia vom Bahnhof in Walsrode abzuholen. Er verstaute seine Unterlagen, ein Tablet, einen Laptop und seine Kameraausrüstung in seiner Reisetasche.

Einer Eingebung folgend schritt er durch das Wohnzimmer zur hinteren Terrasse. Beim Blick über den Gartenzaun, sah er seinen Nachbarn Joachim, der gerade seinen Wagen mit vielerlei Kartonagen belud.

„Joachim, könntest du unserem Gärtner bitte sagen, dass er mehr Geranien vor die Fenster pflanzen soll. Das hält die Mücken prima ab."

Joachim kam ihm lächelnd einige Schritte entgegen.

„Hallo David, hab dich gestern gar nicht kommen gesehen. Wenn du Laut gegeben hättest, wäre das eine prima Möglichkeit zur Einweihung meiner neuen Zapfanlage gewesen."

David wusste, dass solche Abende meistens mit Arbeitsunfähigkeit am nächsten Tag endeten. Joachim hatte immer Spaß an neuen Dingen und freute sich, diese auch ausgiebig jemandem zeigen und ausprobieren zu können.

„Tut mir leid, ich war ziemlich ausgelutscht. Kaum bin ich heimgekommen, hatte ich auch schon den nächsten Auftrag. Insofern wird es heute leider auch nichts mehr. Ich bin ein paar Tage in Bremen. Könntest du bitte wieder meinen Haushüter spielen?"

Joachim grinste: „Na klar, unser Herr Amerikaner hat endlich die deutsche Arbeitsmoral kennengelernt. Sehr vorbildlich."

David grinste zurück. An vielen langen, feuchtfröhlichen Abenden auf der Terrasse hatte er Joachim gut kennen und schätzen gelernt.

Schon auf dem Weg zur Garage rief David zurück: „Mir ist egal, was all die anderen über dich sagen, ich mag dich trotzdem."

Die Reisetasche verstaute er vorsichtig im Kofferraum seines 25 Jahre alten silbernen BMW 520i. Auch diesen Wagen hatte er von seiner Tante geerbt, ein typisches Rentnerauto mit Stufenheck und Automatik. Sie hatte ihn nur wenig benutzt, so dass er auch nach so vielen Jahren fast wie neu aussah. David setzte sich hinein und schon schnurrte der Sechszylinder Benzinmotor sanft und butterweich vor sich hin.

An dem kleinen Bahnhof in Walsrode kam er nur wenige Minuten später an. Um diese Zeit war dort so gut wie nichts los. Eigentlich wusste er gar nicht, ob zu irgendeiner anderen Tageszeit dort überhaupt etwas los war. Er liebte solch stille Plätze. Hier konnte er seine Gedanken ordnen und neue Ideen entwickeln.

Warum gab es gerade jetzt Bestrebungen, die Kirche wieder aufzubauen, nachdem jahrzehntelang völlige Ruhe geherrscht hatte? Welche tatsächlichen Ziele hat der hierfür neu gegründete Verein „Wir errichten Ansgarii neu" e.V.? Wirklich den Wiederaufbau der vollständigen historischen Kirche? Welche Beweggründe gab es in den 1950ern eine der bekanntesten Sehenswürdigkeiten Bremens komplett aus dem Stadtbild zu tilgen? Immerhin waren noch viele Teile der Gebäudestruktur erhalten geblieben und diese mussten dann beim endgültigen Abriss mühsam entfernt werden.

Es gab so vieles zu recherchieren, so viele Fragen zu stellen und zu klären. Es würde eine faszinierende Artikelserie werden.

Das nahende Geräusch eines dieselbetriebenen Triebwagens riss ihn aus seinen Überlegungen.

Geschmeidig und ohne zu quietschen kam der Triebwagen des Heidesprinters zum Stehen. Da der Zug nur über zwei Türenpaare verfügte, hatte er sich strategisch günstig im mittleren Bereich des Bahnsteigs platziert. Ganze drei Personen entließ der Waggon auf den Bahnsteig. Und da war sie auch schon.

Fröhlich lachend kam die junge Frau auf ihn zu. Von der morgendlichen Griesgrämigkeit war nichts mehr zu merken. Die knapp schulterlagen blonden, leicht ins rötliche gehenden Haare, wehten ihr unkontrolliert durch das Gesicht. Ihre weite olivgrüne Jacke verdeckte die für eine Frau kräftigen Oberarme und ihr breites Kreuz. Niemand sah ihr jetzt an, dass sie bereits seit vielen Jahren um den Leichtgewichttitel der Frauen bei den schottischen Highland Games in Deutschland mitmischte. Dass sie Baumstämme und Steine meisterlich zu werfen verstand, konnte man wirklich nicht vermuten. Er wusste, mit ihr sollte man lieber nicht aneinandergeraten.

David konnte gerade noch ihren Rucksack abfangen, bevor er mit Wucht seine Magengegend getroffen hätte.

„Wenn du mich schon mitten in der Nacht anrufst, dann muss da jetzt aber auch was Gutes bei rauskommen." rief sie ihm lachend zu. „Du weißt ja, wenn ich zu früh geweckt werde, werde ich etwas unleidlich. Aber für eine gute Story muss ich das wohl in Kauf nehmen."

David hob seine linke Augenbraue: „Ich habe eher den Eindruck, ich muss es in Kauf nehmen." Wenn sie erstmal wach war, war Julia unglaublich agil.

„Warum fährst du eigentlich noch immer diese alte Rentnerkarre?" Wollte Julia wissen als David ihren Rucksack ebenfalls im Kofferraum verstaute.

„Er ist unauffällig, er ist schnell und hervorragend geeignet für längere Fahrten. Was will man mehr?"

„Eine Freisprechanlage, einen CD oder mp3-Player, eine Sitzheizung, ein Navi, ich weiß gar nicht wo ich anfangen soll."

„Wenn du mal ein eigenes Auto hast, ist da bestimmt genau dieser Schnickschnack drin. Dann lasse ich mich nur noch von dir zu meinen Aufträgen fahren."

„Das hängt eigentlich nur von dem Honoraranteil ab, den du mir zahlst."

„Wenn du noch mehr bekommst, arbeite ich fast umsonst. Also träum weiter."

Julia tat etwas beleidigt, wusste aber genau, dass David sie immer ausgesprochen fair entlohnte. Von den hervorragenden Unterkünften, die er in der Regel aussuchte und komplett für beide zahlte, ganz abgesehen. Außerdem bekam sie meistens die Möglichkeit, aus dem recherchierten Material einen ähnlichen Artikel in Deutschland zu publizieren.

Auf dem Weg zur Autobahn machte David Julia mit seinen Rechercheergebnissen der letzten Nacht vertraut. Sie hörte konzentriert zu, stellte bei unklaren Sachverhalten genau die richtigen Fragen und hatte bereits gute Ideen wo man mit den weiterführenden Recherchen vor Ort in Bremen beginnen könnte. Als sie die Autobahnauffahrt der A27 erreichten, hatten sie bereits ein grobes Gerüst ihrer Vorgehensweise entwickelt. Für eben diese zielorientierte Arbeitsweise mochte er Julia. Er sah das große Potenzial in ihr, später einmal die ganz großen Geschichten zu schreiben.

5

Die Katharinen-Schänke war eine wirklich urige Speisegaststätte in der Bremer Innenstadt. Große Bereiche des Gastraumes bestanden aus originalen Teilen des ehemaligen St. Katharinen-Klosters. Von diesem, im 13. Jahrhundert errichteten Dominikaner Kloster, war nach dem 2. Weltkrieg nur noch das Refektorium übriggeblieben. Anfang der 70er Jahre integrierte ein Bremer Architekt die Reste in einen Parkhaus-Neubau und Gastronomie kam in die gotischen Gewölbe. Ein Ort, wie gemacht für ein Restaurant, hier fühlte man sich sofort wohl.

Kevin Graske hatte seinen Job als Küchenhilfe in der Katharinen-Schänke erst vor zwei Tagen begonnen. Er war froh einen Ferienjob ergattert zu haben. In der Universitätsstadt Bremen war dies nicht immer so ganz leicht, viele Studenten suchten genau solche Nebenjobs. Aber in der Gastronomie der Innenstadt ging eigentlich immer etwas.

Der Gemüselieferant war gerade gekommen. Da er mit seinem kleinen weißen Lieferwagen die halbe Einfahrt des Parkhauses blockierte, mussten Kevin und der Lieferant sich beeilen, die Stiegen möglichst schnell in die beiden Kühlräume der Küche zu verbringen. Es war Dienstag, da war die angelieferte Menge nicht so groß wie vor dem Wochenende. Schneller als gedacht, waren Pastinaken und Morcheln, Zwiebeln und Austernpilze mit anderen Feldfrüchten in den Kühlräumen verstaut.

Bevor er sich zusammen mit dem Fahrer eine kurze Zigarettenpause gönnte, stellte er eine Stiege frische Champignons in eine freie Ecke der Küche, die wie ein kleines zugemauertes Fensterchen aussah. Pilze putzen und kleinschneiden war eine Arbeit die Kevin mochte. Er würde gleich damit beginnen.

Viel zu schnell war seine selbstgedrehte Zigarette aufgeraucht. Der Gemüselieferant verabschiedete sich und Kevin ging wieder in die Küche. Er nahm sich eine Bürste und ein Messer, stellte die Champignons vor sich hin und griff nach dem ersten Pilz. Aus seinem letzten Job wusste er, wie er frische Champignons von alten unterscheiden konnte. Diese waren ganz klar keine frischen. Alle Pilze hatten bereits weit geöffnete Köpfe, viele braune Stellen und rochen auch nicht wirklich lecker.

Mit zwei Pilzen in der Hand ging er zu seinem Chef und erläuterte die Problematik mit der gesamten Kiste. Der Küchenchef kam mit zu seinem Arbeitsplatz, sah, wo die Kiste stand und schüttelte den Kopf. „Hat dir denn niemand gesagt, dass du da nichts hinstellen darfst? Egal was dort steht, es wird in kürzester Zeit schlecht. Stell dein Zeug egal wohin, aber niemals wieder dorthin. Klar?"

Kevin erschrak. „Das hat mir niemand gesagt. Warum passiert das da in der Ecke?"

Der Küchenchef zuckte desinteressiert mit den Schultern „Das weiß hier niemand. Klar ist nur, wir sollen dort nichts mehr hinstellen." Kevin lief ein kalter Schauer über den Rücken.

Aber schon rief einer der anderen Köche. Er musste sich jetzt aber wirklich ranhalten.

6

Als sie den Parkplatzbereich auf der Rückseite der Villa Leinemann im Bremer Stadtteil Schwachhausen erreicht hatten, war die Zeit wie im Fluge vergangen. Der Wagen kam auf dem feinen Kies mit einem leichten knirschen zum Stehen. Julia betrachtete die Villa beim Aussteigen mit echter Bewunderung. Ein herrschaftliches Klinkergebäude mit zwei weißen Säulen am Eingang und weißen Fensterläden. Drumherum ein gepflegter Garten und eine gekieste Einfahrt mit entsprechender Parkfläche für vier Autos.

David nahm ihre beiden Gepäckstücke aus dem Kofferraum und steuerte zielgerichtet die hohe Eingangstür der alten Villa an. In der Eingangshalle wurden sie bereits vom Inhaberehepaar erwartet.

„Sie müssen Herr Shriner sein. Und Sie sind bestimmt Frau Morningwood. Willkommen in der Villa Leinemann."

Julias Gesicht zeigte plötzlich einige rötliche Flecken, als sie, sichtlich um Contenance bemüht, herausbrachte: „Mindermann. Mein Name ist Julia Mindermann. Da hat Herr Shriner wohl mal wieder die Zähne nicht auseinanderbekommen als er die Zimmer bestellte. Amerikaner haben den Hang zum Nuscheln, insbesondere, wenn sie aus den Südstaaten kommen. Oder ist das deine beginnende Vergreisung, David?"

David konnte sein Lachen nur mit Mühe zurückhalten: „Ich weiß auch nicht, was mir bei meiner Buchung passiert ist. Tut mir leid."

Wenn das Eigentümerehepaar irritiert war, zeigte es dies nicht. „Hier sind Ihre Schlüssel. Die beiden Zimmer befinden sich im ersten Stock. Es sind die einzigen Zimmer in der Etage. Um wieviel Uhr möchten Sie frühstücken?"

David schaute Julia fragend an: „Ich denke 8:00 Uhr ist eine gute Zeit."

Julia nickte, immer noch etwas gequält. Ganz Gentleman schnappte sich David ihr Gepäck und steuerte zielgerichtet die geschwungene Holztreppe an.

„Wir wünschen angenehmen Aufenthalt. Wenn Sie irgendeinen Wunsch haben, sprechen Sie uns gerne an." rief der Hotelier ihnen noch hinterher als beide schon auf dem Weg nach Oben waren.

Sie schauten sich das Zimmer auf der rechten Seite an. Ein großer heller Raum mit vielen antiken sehr geschmackvollen Möbeln und eine hohe, mit Stuck verzierten Zimmerdecke. Das Boxspringdoppelbett war bestimmt zwei Meter breit.

In diesem Moment schlug Julia mit der Faust auf Davids Oberarm.

„Morningwood? Wie kannst du bei der Buchung sagen, mein Name sei Morgenlatte? Glaubst du, die können hier kein Englisch? Was sollen die denn jetzt von mir denken?"

David hielt sich laut lachend seinen schmerzenden Arm „Immerhin haben sie keine Miene verzogen. Die roten Flecken in deinem Gesicht waren aber unbezahlbar." Ein erneuter sehr schmerzhafter Schlag traf ihn genau dort wo es eh schon heftig wehtat.

Julia warf sich demonstrativ schmollend auf das Bett. „Dies Zimmer nehme ich. Nimm du ruhig das Andere, Witzbold."

David machte sich auf den Weg in das andere Zimmer „Ich hole dich in einer halben Stunde ab, dann können wir etwas Essen gehen, Frau Morningwood." Julias Schuh traf nur noch die Tür, die David zügig hinter sich schloss.

Auch Davids Zimmer war groß und geschmackvoll mit antiken Möbeln einrichtet. Er verstaute den Inhalt seines Gepäcks in einem dunklen Eichenschrank und legte sich mit seinem Tablett aufs Bett.

Beim Durchscrollen seiner bisherigen Notizen dachte er über die nächsten Schritte nach, die die beiden vor Ort erledigen konnten.

Zunächst wollte er sich mit der Örtlichkeit des ursprünglichen Kirchenstandortes vertraut machen, dann vielleicht schon ein erstes Interview führen. Je nachdem, wie es zeitlich mit den vorgesehenen Gesprächspartnern passen würde. Für den kommenden Tag hatte er den Besuch einer Informationsveranstaltung zum möglichen Wiederaufbau der Kirche vorgesehen. Alles war gut und strukturiert vorbereitet, bereits während Studium und seinen ersten Jahren als Journalist hatte er gelernt, wie wichtig diese Basisarbeit war.

Als David eine gute halbe Stunde später an Julias Zimmertür klopfte, hatte sie sich bereits wieder beruhigt und empfing ihn mit einem strahlenden Lächeln. „Wenn du immer in solchen Premium Hotels absteigst, kannst mich gerne noch öfter als Helferin engagieren. Nur bezüglich eventueller Decknamen sollten wir uns vorab abstimmen. Schau dir mal dieses Bad an, ist das cool? "

„Dann werde ich alles dafür tun, dass du für Kost und Logis auch ordentlich was zu tun bekommst." grinste David und geleitete sie die geschwungene Treppe hinunter. „Ich denke, wir sollten erstmal eine Kleinigkeit essen und uns dann ein wenig in der Stadt umschauen."

„Essen ist gut," bemerkte Julia, „schließlich hast du mich ja quasi aus dem Bett geholt. Da war für ein ausgiebiges Frühstück keine Zeit."

„Zunächst wollen wir mal sehen, wie wir dich satt bekommen. Wäre ein Lokal mit Buffet okay?" fragte er als sie auf dem Gehweg vor dem Hotel ankamen und sich kurz nach links und rechts orientierten.

„Buffet wäre jetzt genau das richtige. Friss dich zu Tode. So etwas brauche ich jetzt." rief Julia, als sie Davids Schritte zielsicher weg vom Hotelparkplatz hin zur nahen Straßenbahnhaltestelle lotste.

Zwei Minuten später kam die nächste Bahn vor ihnen zum Stehen. David kaufte für sie beide beim Fahrzeugführer jeweils eine Wochenkarte und setzte sich neben Julia, die bereits eine freie Bank für die beide ergattert hatte.

„Da bist du noch ganz Amerikaner, immer erstmal in Richtung Auto gehen. Öffentlicher Personennahverkehr liegt dir fern." stellte Julia gut gelaunt fest. Dieses Diskussionsangebot nahm David nicht an. Er wusste Julia hatte recht, ihm fehlte das Verständnis für ihre Liebe zu organisierten Gruppentransporten. Wozu hatte man den ein Auto? Gewiss nicht, um es hinter einem Hotel stehen zu lassen.

Als sie knapp eine Viertelstunde später in der Innenstadt die Straßenbahn verließen, herrschte um sie herum reichlich Trubel. Neben zahlreichen Touristen, mischten sich bereits viele Angestellte auf der Suche nach einer Mittagsmahlzeit unter die Passanten.

Zielgerichtet führte David Julia die Fußgängerzone entlang, bog dann nach rechts in einen schmalen mit hellen Marmorplatten ausgelegten Gang. Nach zwanzig Metern öffnete sich der Gang zu einer Einkaufspassage, in der noch mehr Menschen unterwegs waren als bereits in der Fußgängerzone. Schräg links, neben den Schaufenstern einer großen Kaufhauskette standen Stühle und kleine Kaffeehaustische. David lotste gekonnt durch die Menschenströme auf genau dieses Lokal zu und hielt Julia formvollendet die Tür auf. Eine Treppe führte hinauf in einen freundlich hellen Gastraum.

Sie fanden einen freien Tisch an den bis zum Fußboden reichenden Fenstern mit direktem Blick von oben in die Einkaufspassage.

„Das Lokal hatte ich uns schon gestern bei der Vorbereitung herausgesucht" sagte David. „Hier gibt es täglich ein Mittagsbuffet mit zwei Gerichten und Salatbar, Vorsuppe und eine Nachtischauswahl. Heute gibt es lecker Boeuf Stroganoff und eine klassische Lasagne als Hauptgerichte."

„Bestelle mir bitte eine Cola light" hörte er noch als Julia von ihrem Platz aufsprang und zum Buffet eilte.

7

Der alte Mann fiel in der Masse der umherlaufenden Passanten nicht weiter auf. Er wusste genau wo er hin musste. Eine große innere Unruhe befiel ihn, wie jedes Mal, wenn er sich auf diesen Weg machte. All diese Menschen um ihn herum waren unwissend, sie waren blind für die Anzeichen. Er hatte lange gebraucht um zu akzeptieren, dass er über eine Gabe verfügte, die sich die Menschen um ihn herum nicht einmal ansatzweise vorstellen konnten.

Sein Blick fokussierte sich auf die unscheinbare Metallplatte, die so glatt im Pflaster eingelassen war, dass sie bei kaum einem der Passanten größeres Interesse hervorrief. Auch Touristen fanden die Platte nur, wenn sie mit einem Reiseführer in der Hand danach suchten.

Der Gauß'sche Punkt, die Platte auf der südöstlichen Ecke des St. Ansgarii Kirchhofes wies auf den Ort der ehemaligen Turmspitze der St. Ansgarii Kirche hin. Was niemand wusste, das Metall half ihm, die Vorgänge darunter, wie unter einem Brennglas besser zu spüren.

Langsam stellte er sich auf die Platte. Wenn er jemandem auffallen sollte, wirkte er wie ein einfacher älterer Tourist, der sich auf dem Platz umschaute. Niemand bemerkte, was in ihm und vor allem unter ihm vorging.

Wie konnten sie alle nur so blind sein. Spürten sie nicht, was hier vorging? Er spürte es sofort, tief unter ihm. Die Ströme sprangen wild hin und her, suchten ihren Weg und fanden ihn nicht. Aufgestaute, gequälte

Kräfte von unglaublicher Größe waren dort am Werk. Er spürte, wie die Kraft wieder einmal angewachsen war. Innerhalb so weniger Tage seit seinem letzten Besuch war der Anstieg für ihn klar spürbar. Bald würde die Zeit reif sein und die jetzt noch gezähmten Kräfte suchten sich ihren neuen Weg, aus dem immer engeren Raum heraus. Es würde doch noch zu seinen Lebzeiten passieren.

Was war er für ein glücklicher Mensch. Er würde seine Besuchsintervalle jetzt verkürzen. Der Tag war bereits in greifbarer Nähe. Alles musste rechtzeitig in die Wege geleitet werden. Ein paar Vorbereitungen waren noch zu treffen.

Der Bettler an der Seite des Geschäftes für Damenmode war angenehm überrascht, als ein milde lächelnder, älterer Herr ihm im Vorbeigehen einen 10 Euro Schein in die offene Zigarrenkiste zu den paar Münzen Kleingeld legte.

„Vielen Dank der Herr." rief er ihm noch hinterher. Doch der Alte war bereits schlendernd in der Masse der dahineilenden Menschen verschwunden.

8

Nachdem David und Julia ihren Hunger durch mehrere Gänge zum Buffet ausreichend gestillt hatten, bestellte David für sie zwei Espresso.

Dann kam er auf seine Planungen zu sprechen: „Als erstes sollten wir uns gleich mal den Standort der ehemaligen St. Ansgarii Kirche anschauen. Das ist gleich hier um die Ecke. Dann wäre ich dir dankbar, wenn du zum Staatsarchiv gehen könntest um etwas über die Vereinigungen „Bremensis Novus" und die „Wiederaufbaugruppe Bremen" heraus zu bekommen. Ich habe die wichtigsten Eckdaten hier aufgeschrieben."

Er schob ihr einen Zettel zu. „Ich gehe inzwischen zur Stadtbibliothek und suche dort Publikationen zur Geschichte der St. Ansgarii Kirche und den anderen Kirchen in Bremen."

Julia blickte kurz auf den Zettel: „Eine Message aufs Telefon wäre einfacher gewesen. Wann und wo wollen wir uns danach wieder treffen?"

David überlegte kurz: „Ich denke drei bis vier Stunden werden wir schon brauchen. Wir treffen uns dann in vier Stunden in der Sögestraße im Café Knötel. Okay?"

„Klingt gut. Ob die da einen anständigen American Cheesecake für dich haben?"

„Ich komme inzwischen auch mit deutschem Backwerk hervorragend klar. Eine schöne Schwarzwälder Kirschtorte können nicht einmal US-Bäcker"

Julia konnte sich noch gut daran erinnern, wie sie David vor vielen Jahren bei gemeinsamen Recherchen dem klassischen deutschen Essen nähergebracht hatte.

David winkte eine Bedienung heran und bat um die Rechnung. Er zahlte mit üppigem Trinkgeld und sie gingen die Treppe herunter wieder hinein in die Passage vor dem Lokal.

Zielsicher steuerte David die Schritte nach rechts, dort öffnete sich die überdachte Passage auf einen größeren Platz. Links waren einige internationale Speiselokalitäten, weiter hinten mehrere Modefachgeschäfte. Rechts tobten kleine Kinder auf einigen Spielgeräten.

Sie querten den Platz und erreichten nach gut 100 Metern zwischen zwei Gebäuden hindurch, einen weiteren etwas kleineren Platz. Dort mittig angekommen drehte David sich um und zeigte auf ein großes mehrstöckiges Geschäftshaus mit einer dunklen, leicht spiegelnden Glasfassade und zahlreichen quirligen Ladengeschäften im Erdgeschoss.

„Ziemlich genau auf dem Platz, auf dem das Gebäude dort steht, befand sich damals die St. Ansgarii Kirche. Der Turm auf unserer Seite, das Kirchenschiff dahinter." Er streckte den Arm aus „In dieser Richtung ist Osten. Alle christlichen Kirchen sind in diese Richtung ausgerichtet."

David holte aus seinem wohlgefüllten Rucksack eine etwas altertümlich wirkende Mappe mit Pappdeckeln heraus. Blätterte sie kurz durch und reichte Julia den Ausdruck eines alten schwarz-weißen Luftbildes, das die Kirche im Zentrum zeigte.

„Hier ist ja wirklich überhaupt nichts mehr von der Kirche zu sehen." bemerkte Julia trocken und blickte sich suchend auf dem Platz um.

„14 Jahre nach Kriegsende wurde die Kirchenruine so vollständig beseitigt, dass nichts mehr an sie erinnerte.

Keine Säule, kein Mauerrest, kein Kellergewölbe, nichts hat man zur Erinnerung stehen lassen. Keinen einzigen verdammten Stein. Es ist schon eigenartig, warum der höchste Kirchturm Bremens so komplett verschwinden musste. Es ist mir ein Rätsel, weshalb so viel Geschichte aus dem Blickfeld der Menschen getilgt wurde, obwohl es einiges an Widerstand gegeben habt." grübelte David.

„Ja, das ist schon eigenartig."

„Ich kann es mir nicht erklären. Für uns Amerikaner wäre es ein absolutes Sakrileg."

„Auch bei uns reißt man normalerweise nicht einfach so, Kirchen oder ihre Ruinen ab."

Sie schauten noch einmal über den Platz, fanden jedoch nichts, was sie inhaltlich bei ihrem Projekt weiterbringen konnte. David steckte das Foto sorgfältig wieder ein und sie gingen in Richtung des Marktplatzes. Dort trennten sich ihre Wege. Julia bog links zum Domshof in Richtung Staatsarchiv ab, David ging weiter geradeaus, am Dom vorbei zur Stadtbibliothek.

Die Bremer Stadtbibliothek war seit einigen Jahren im weitgehend umgebauten Gebäude des ehemaligen Polizeipräsidiums untergebracht. Äußerlich vermittelte das Haus den Eindruck einer düsteren Trutzburg mit einem Eingang, der mit seiner halbrunden Form und den beiden schweren hölzernen Türflügeln fast ein Stadttor sein konnte. Verstärkt wurde dieser Eindruck noch durch die beiden mit steilen Dächern versehen viereckigen Türme, die das Eingangstor flankierten. Diese archaische Pforte wurde heute jedoch nicht mehr genutzt. An der Ecke des trapezförmigen Baues war vor ein paar Jahren ein freundlicher moderner Eingangsbereich mit automatisch öffnenden Glastüren eingefügt worden.

Dem fast schon bedrohlichen Äußeren stand das lichtdurchflutete kleine Atrium entgegen, wenn man das Gebäude betrat. Hier reihten sich verschiedene Restaurants und Imbisse um die zahlreichen Sitzmöglichkeiten im Innenhof. Der Haupteingang zur Stadtbibliothek befand sich ebenfalls dort.

Schnell orientierte sich David, nach dem Studium einer Schautafel, in die 2. Etage, in den Bereich der Sachbücher, in dem sich auch die Bremensien befanden. Die inhaltlich geordneten Buchrücken konnte er strukturiert durchsuchen. Alles, was er hier jedoch fand, waren Bücher zur allgemeinen Geschichte Bremens und auch Geschichten zu den bekanntesten Bauwerken. Die Abhandlungen zur ehemaligen St. Ansgarii Kirche waren vereinzelt in diesen Büchern zu finden. Alle wirkten inhaltlich irgendwie vergleichbar und entsprachen ungefähr dem, was er sich bereits an Wissen vorab im Internet angeeignet hatte.

Gerade wollte er die Bibliothek enttäuscht schon wieder verlassen, da fiel ihm ein sehr dünnes, ca. A4 großes Buch auf. Der Buchrücken war so schmal, dass er unbeschriftet war, daher hatte er das Buch fast übersehen.

Es war gesponsert von der örtlichen Privatbank Heel & Müller. Diese hatte es im Rahmen einer ganzen Reihe von Büchern zur Bremischen Geschichte in den 1980er Jahren herausgegeben. Das schmale Buch behandelte doch tatsächlich ausschließlich die Geschichte der innerstädtischen Kirchen in Bremen.

David schaute sich um und nahm in einer der überall im Raum verteilten Sitzgruppen Platz. Aufmerksam blätterte er das Buch durch und blieb hocherfreut bei einem reich bebilderten Kapitel zur St. Ansgarii Kirche hängen. Bereits nachdem er gut die Hälfte des Artikels gelesen hatte, nahm er sein Mobiltelefon und fotografierte zufrieden alle Seiten des Berichtes. Was für ein genialer Fund, der Gang in eine Bibliothek lohnte sich fast immer für ihn. Auch wenn man manchmal etwas länger suchen musste. Er blätterte weiter und fotografierte noch eine dort abgebildete historische Übersicht der Innenstadt mit einem Verzeichnis aller Kirchen der Innenstadt aus der Vorkriegszeit.

Immerhin wieder ein paar neue Informationen zum Gesamtbild. Er hoffte, dass Julia bei der Informationsfindung im Bremischen Staatsarchiv erfolgreicher war.

Nachdem er das Buch zurück an seinen Platz in das Regal gestellt hatte, durchquerte er den Raum und ging zum Treppenhaus. Das eigenartige Bauchgefühl, das sich unvermittelt in der Mitte des Raumes einstellte hielt zwar nur kurz an, irritierte ihn dennoch. An der Treppe angelangt war es jedoch bereits wieder verschwunden und er machte sich keine weiteren Gedanken darüber. Wahrscheinlich eine Folge des ziemlich üppigen Mittagessens vorhin.

Als David das Gebäude verlassen hatte, blickte er kurz auf die Uhr. Bis zum vereinbarten Treffen im Café Knötel war noch Zeit. Man wusste ja vorher nie, wie umfangreich eventuelle Buchfunde werden würden. Er blickte sich um. Gegenüber war ein Speiselokal.

„Kommende" stand dort in einem von einer Brauerei gesponserten Leuchtschild über den Fenstern. David grinste, der Wirt wird wohl lieber kommende als gehende Gäste sehen wollen. Was für ein ausgefallener Name.

Er bog nach rechts ab und ging wieder zurück in die Innenstadt.

9

Endlich hatte Friederike Zeit für eine kurze Pause. Der morgendliche DVD-Vorfall steckte ihr noch etwas in den Knochen. Sie hatte sich zwar bemüht, die Erinnerung daran beiseite zu schieben, dies war ihr jedoch nur unvollkommen gelungen.

Sie stellte ihre Brotdose, gefüllt mit Mohrrüben und Kirschtomaten sowie eine rote Trinkflasche mit Wasser in dem kleine Zitronenstücke schwammen auf den Tisch. Kurz schaute sie sich im Raum um, gemütlich war etwas anderes, die kleine Küche im dritten Stockwerk der Stadtbibliothek bot Platz für vielleicht vier Personen, dann wurde es aber schon ziemlich eng. Wieso gab es hier im Gebäude so viele kleine Räume. In diesem Moment kam ihr Kollege Max durch die Tür in die Küche.

Max absolvierte ebenfalls sein Freiwilliges Soziales Jahr in der Stadtbibliothek. Allerdings war er im Sachbuchbereich tätig, während Friederike hauptsächlich in der Kinderbuchabteilung half. Er war irgendwie schwer zu durchschauen aber eigentlich immer gut drauf. Das Friederike etwas durch den Wind war, fiel ihm gleich auf.

„Du siehst irgendwie übel aus. Alles soweit Okay bei dir?" Erkundigte sich Max teilnahmsvoll.

„Ich habe vorhin die neuen DVDs in der Sachbuchabteilung auf dem Boden verteilt. War ziemlich creepy." versuchte Friederike mit einem Lächeln zu erklären.

„Wie kannst du da nur dauerhaft arbeiten? Überall ist es totenstill. Überhaupt habe ich da immer ein ganz mieses Bauchgefühl. Woran auch immer das liegen mag." sprudelte es aus ihr heraus.

Max grinste sie an: „Hallo, es ist immer noch eine Bibliothek. Da kannst du kaum lärmende Bahnhofsatmosphäre erwarten. Vielleicht noch bei deinen Kinderbüchern, aber sonst…"

„Ja, ja, du hast ja recht. Trotzdem ist im zweiten Stock eine ziemlich seltsame Stimmung. Ich bin immer froh, wenn ich dort wieder raus kann." entgegnete Friederike leicht gereizt.

„Hm, klingt nach dem alten Bibliothekarswitz:

Ich habe die Bibliothekarin gefragt: Haben Sie Bücher über Paranoia? Sie flüsterte: Ja, sie stehen direkt hinter Ihnen."

Immerhin lächelte Friederike wieder etwas.

„Hast du gesehen, dass dort alle deine Kollegen an den äußeren Seiten des Raumes sitzen? Niemand sitz irgendwo in der Mitte. Das ist mir gleich aufgefallen, als ich mich umschaute und die DVDs wieder einsammelte"

„Ist das so? Da habe ich eigentlich nie wirklich drauf geachtet."

„Doch, es ist genau so, als ob alle den mittleren Bereich meiden. Sogar wenn sie durch den Raum gehen, bewegen sie sich wie selbstverständlich außerhalb der Mitte."

„Jetzt, wo du es erzählt hast, denke ich auch, dass ich mich in der Mitte immer sehr unwohl fühle. Man geht da einfach nicht entlang. Komm, ich glaube, das müssen wir uns genauer anschauen."

Friederike konnte kaum ihr letztes Stück Mohrrübe herunterschlucken, da war Max auch schon aufgesprungen und hatte die Tür geöffnet. So richtig wohl war ihr dabei nicht, aber irgendwie hatte Max ja recht.

Sie gingen durch das Treppenhaus für Mitarbeiter eine Etage tiefer. Wieder schlug ihnen diese schon fast bedrückende Stille in dem eigentlich sehr großen Raum entgegen. Weder Mitarbeiter noch Besucher blickten auf als sie hereinkamen und durch die Bücherregale gingen.

Max steuerte zielsicher den mittleren Bereich an, Friederike folgte noch etwas unentschlossen. Sie war wenig überzeugt von dem Vorhaben.

Kaum hatten Sie die Mitte des Raumes erreicht, merkte Friederike gleich, wie ihr Atem schneller ging, als ob sie durch das Treppenhaus gerannt wären. Da war auch wieder dieser Druck auf den Magen, diese spürbare Angst. Nein, sie wollte jetzt nicht hier sein. Jede Faser ihres Körpers schrie förmlich nach Flucht.

Friederike schaute hilfesuchend zu Max. Da war keinerlei Fröhlichkeit mehr in seinem Gesicht. Er wirkte erkennbar blass und man sah erste Schweißperlen, die sich auf seiner Stirn bildeten. Auch sein Blick wirkte irgendwie unkonzentriert.

Sie folgte jetzt automatisch ihrem unaufhaltsamen inneren Drang und wich aus der Mitte des Raumes zurück. Fast gleichzeitig folgte ihr Max.

Sie setzten sich in eine der Sitzgruppen am Rande des Raumes und atmeten durch.

„Was passiert da?" fragte Friederike, mehr zu sich selbst als zu Max.

„Das war wirklich fies. So etwas habe ich noch nie erlebt."

10

Julia genoss ihren Weg durch die Wallanlagen hin zum Bremer Staatsarchiv. Die ehemaligen Befestigungsanlagen Bremens wurden zu Beginn des 19. Jahrhunderts in eine fast britisch anmutende Parkanlage umgestaltet, die die Innenstadt jeweils bis zur Weser hin vollständig umschloss. Ein wunderbarer Ort zum Durchatmen und Entspannen.

Sie ließ ihren Blick über das Wasser des Wallgrabens gleiten und legte sich gedanklich ihre Prioritäten für die Suche zurecht. Bremensis Novus klang am interessantesten, damit würde sie beginnen.

Nach wenigen Minuten entspannenden Schrittes hatte sie bereits das Bremer Staatsarchiv erreicht. Gleich hinter den wohl aus den 1970ern stammenden aluminiumgefassten Glastüren trat sie in einen hellen Vorraum mit zahlreichen Vitrinen und mehreren Stellwänden, die Dokumente zur Geschichte Bremens zeigten. Ein wahres Fest für jeden Geschichtsinteressierten, dachte sie und suchte eine Wegweisung zum Empfang.

Nach wenigen Metern fand sie hinter einer grauen Tür den Empfang und die Benutzerbetreuung. Ein junger Mann war dort in den Tiefen des vor ihm stehenden Flachbildschirms abgetaucht und bemerkte Julias leises Eintreten zunächst nicht.

Sie grinste leicht in sich hinein „Hallo!" grüßte sie mit einer merklich tieferen Stimme als üblich. Den Mitarbeiter am Computer durchzuckte es erkennbar.

Sein Blick löste sich aus den Tiefen des Bildschirms und er blickte auf, direkt in Julias strahlendes Lächeln: „Wie kann ich Ihnen helfen?"

Julia wusste aus Erfahrung, dass die Mitarbeiter von Archiven in der Regel eine sehr gute Kenntnis von ihren Beständen hatten und erläuterte daher detailliert die Hintergründe ihrer Suche nach den Vereinigungen Bremensis Novus und der Wiederaufbaugruppe Bremen.

„Zur Wiederaufbaugruppe Bremen haben wir einige Bestände. Am besten gehen Sie dort drüben an den Rechner, da können Sie online danach suchen. Ich glaube, notfalls hätte ich auch noch ein paar ältere Findbücher, die helfen könnten." Der junge Mann zeigte auf eine Tischreihe mit Desktopcomputern.

„Die Bestände dieser Gruppe reichen bis in die heutige Zeit. Wenn ich mich recht entsinne, geben die eine regelmäßige Zeitschrift heraus. Die dürften wir komplett vorliegen haben." überlegte er.

„Und Bremensis Novus? Wie sieht es damit aus?" fragte Julia.

„Den Namen habe ich ehrlicherweise noch nie gehört. Klingt irgendwie nach einer älteren Vereinigung, da stecke ich noch nicht so in den Beständen. Soweit wir dazu etwas haben, finden Sie es aber bestimmt auch in der Online-Bestandsübersicht." Er wies nochmal auf die Computer im Lesesaal.

„Dankeschön, für die Hilfe." strahlt Julia ihn an. Unvermittelt fiel ihr ein fast unmerkliches Erröten des Mitarbeiters auf.

Sie nahm an einem der Computer im Lesesaal Platz und bereitete ihre Schreibutensilien vor. Die erste Suche nach dem Gesamtnamen „Bremensis Novus" brachte leider keinerlei Ergebnisse. Sie versuchte es erneut, nur mit dem Wort Bremensis. Hier wurden ihr 588 Ergebnisse angezeigt.

Der einzig vielversprechend erscheinende Datensatz hierbei bezog sich auf einen Verein, der das Wort Bremensis im Namen führte und 1946 gegründet wurde. Sie notierte sich die auf dem Bildschirm Aktensignatur.

Julia versuchte noch weitere Schreibvarianten und Wortkonstellationen, aber auch hierbei erhielt sie keine neuen interessanten Hinweise. Irgendwann gab sie auf. Bremensis Novus wollte einfach nicht gefunden werden oder es gab diese Vereinigung gar nicht. So etwas konnte immer passieren, wenn die Vereinigung keine offiziellen Kontakte suchte, oder nicht im Vereinsregister eingetragen war. Es gab viele Vereine, die nur einen kurzen Zeitraum bestanden und dann so schnell wieder verschwanden, wie sie aufgetaucht waren.

Wie der Mitarbeiter am Empfang schon vermutet hatte, war die Datenausbeute zur Wiederaufbaugruppe Bremen deutlich ergiebiger. Hier erhielt sie immerhin 20 Ergebnisse aus dem Zeitraum von 1946 bis in die Gegenwart hinein auf dem Bildschirm angezeigt.

Sie notierte sich die vielversprechendsten Aktensignaturen auf ihrem Zettel und ging damit zurück zum Empfang.

Dieses Mal wurde sie von dem jungen Mann bereits erwartet.

„Na, fündig geworden?" blickte er sie fragend an.

Julia lächelte ihn wieder fröhlich an und reichte ihren Zettel über den Tisch.

„Zu Bremensis Novus gab es erwartungsgemäß nichts wirklich Interessantes, da war Ihre Vermutung richtig. Aber ich habe mir einige Signaturen zur Wiederaufbaugruppe Bremen notiert. Kann ich diese Unterlagen gleich bekommen?"

Ihr Gegenüber machte einen ehrlich betrübten Eindruck: „Heute haben wir keine Aushebezeiten mehr. Sie können die Akten gerne gleich morgen früh ab 9:00 Uhr im Lesesaal einsehen."

„Aber ich benötige die Informationen unbedingt noch heute, sonst wird mein Auftraggeber ziemlich ungehalten. Er ist Amerikaner und ist es nicht gewohnt auf Ergebnisse lange zu warten. Können Sie nicht mal eine Ausnahme machen?" versuchte Julia ihr Glück.

„Tut mir sehr leid, da kann man leider nichts machen."

Der junge Mann druckste nach Julias Eindruck eine Spur zu vorsichtig herum.

Ihre Stimme wurde wieder merklich tiefer, als sie sich weit über den Schreibtisch zum Archivmitarbeiter beugte: „Bitte, vielleicht haben Sie ja einen gewissen Handlungsspielraum. Ich wäre Ihnen wirklich sehr dankbar, wenn Sie mir jetzt helfen könnten"

Waren es nun ihre breiten Schultern oder der kurze Einblick, den sie beim Herüberbeugen zuließ, der junge Mann versuchte seinem Blick mit nur kurzfristigem Erfolg eine neue unverfängliche Fixierung zu geben. Er blickte angestrengt zur Seite und griff nach links zum Telefon.

„Kai, könntest du mir eben bitte noch ein paar Akten ausheben? Ja, natürlich ist es dringend, sonst würde ich nicht fragen. Ist für eine amerikanische Zeitung. Ja, ich gebe dir eben die Signaturen. Du bist der Beste, vielen Dank."

Er versuchte ihr in die Augen zu schauen, was ihm jedoch nur eine kurze Zeit gelang, dann wanderte der Blick wieder auf seinen unverfänglichen Fixpunkt.

„Sie können die Akten in einer guten Viertelstunde im Lesesaal haben."

Julia strahlte wieder über das gesamte Gesicht: „Sie sind ja doch ein echter Zauberer, vielen lieben Dank. Wie kann ich das je wieder gut machen?"

„Ist schon gut, mache ich doch gerne." stieß er etwas zu schnell hervor.

Julia ging fröhlich beschwingt zurück zu ihrem Platz im Lesesaal und konzentrierte sich auf ihr Mobiltelefon.

Nach gut 10 Minuten schob ein weiterer Mitarbeiter des Staatsarchivs einen kleinen Rollwagen mit einem Aktenstapel direkt neben ihren Tisch.

„Viel Erfolg bei Ihrer Recherche. Wenn Sie fertig sind, stellen Sie den Wagen mit den Akten bitte dort hinter den Scanner. Bei Fragen hilft Ihnen mein Kollege dort drüben."

„Vielen Dank" kam es von Julia nur noch beiläufig hervor, als sie bereits nach den ersten Akten griff und diese vor sich auf dem Tisch sortierte.

Die Ordner mit den regelmäßigen Zeitschriften der Wiederaufbaugruppe Bremen legte sie zunächst beiseite. Dann griff sie sich die Akte mit dem

Schriftwechsel des Vereins mit Bremensis im Namen aus den 1950er Jahren.

Gerade in seinen Anfangsjahren bemühte sich der Verein fast ausschließlich um die Schaffung neuen Wohnraums für die vielen ausgebombten Familien in Bremen. Hier fand sie nichts wirklich Interessantes. Dann erreichte sie das Jahr 1957. Sie blätterte die abgelegten Briefe zwischen Daumen und Zeigefinger wie eine Zeitschrift grob durch. Plötzlich hielt sie inne. Bingo, manche Dinge lassen sich durch schon durch grobe Sichtung finden.

Julia schnalzte mit der Zunge und betrachtete einen Brief von Bremensis Novus an die Wiederaufbaugruppe Bremen. Darin opponierte ein Mitglied von Bremensis Novus wortreich gegen den Vorschlag, die Ruine der St. Ansgarii Kirche zu sanieren bzw. wieder aufzubauen, um sie dann zum zentralen Verwaltungssitz der Bremischen Evangelischen Kirche zu machen. Das Beste jedoch war, auf dem Brief stand die damalige Anschrift von Bremensis Novus und der Name des 1. Vorsitzenden dieser Vereinigung. Es war ein gewisser Adolf Drees.

Innerlich jubilierend griff sie ihr Mobiltelefon und fotografierte den Briefbogen. In der Akte wurde sie noch mehrfach mit Briefen von Bremensis Novus fündig. Die Vereinigung war ganz offensichtlich sehr aktiv in diesem Jahr und argumentierte immer wieder massiv gegen den Wiederaufbau der St. Ansgarii Kirche. Auch eine Sicherung der Ruine als Mahnmal oder für eine später doch mögliche Wiederherstellung der Kirche kam für diese Vereinigung keinesfalls in Frage.

Julia machte Fotos von mehreren wichtigen Textpassagen, die zusammengefasst gut die Argumentationskette von Bremensis Novus dokumentierten.

Dann machte sie sich an die Zeitschriften der Wiederaufbaugruppe Bremen. Schnell wurde sie hierbei fündig. Mehrere Artikel beschäftigten sich im Laufe der Jahre mit der Geschichte der St. Ansgarii Kirche und einer möglichen Weiterverwendung des Grundstücks oder aber auch der Kirchenruine. Vielfach wurde der vollständige Wiederaufbau des Gotteshauses gefordert. Es wurden alternative Nutzungskonzepte für die Kirche vorgestellt, die für die damalige Zeit ziemlich progressiv waren. Julia fotografierte all diese Artikel sehr akribisch.

Nach gut einer Stunde konzentrierter Arbeit war sie mit allen ausgehobenen Akten durch. Zufrieden mit sich und der Welt ging sie zurück zum Empfang.

Der junge Mann wurde durch ihr strahlendes Lächeln mitgerissen und lächelte automatisch zurück. Ihrem direkten Blick konnte er jedoch wiederum nur wenige Sekunden lang standhalten. Dann war der imaginäre Fixpunkt wieder wichtiger.

Julia bedankte sich überschwänglich und verschwand in Richtung der Garderobe. Der junge Mann am Empfang hatte kaum Zeit für ein „Gerne doch. Wenn Sie noch etwas benötigen, kommen Sie gerne wieder.", da hatte Julia das Staatsarchiv auch schon wieder verlassen.

11

Endlich hatte sie Feierabend. Ute Plander stellte ihre immer viel zu vollen Postkörbe in den Schrank neben sich und schloss diesen sorgsam ab. Hefter, Locher und Stempel verschwanden in der mittleren linken Schreibtischschublade. Nachdem der Schreibtisch leer war, griff sie nach ihrer Handtasche. Statt aufzustehen, legte sie die Tasche dann aber doch langsam wieder auf ihre Beine.

Die mittägliche Episode mit dem bläulichen Leuchten in der Betriebskantine beschäftigte sie mehr als sie eigentlich wollte. Es war so ungewöhnlich und passte nicht in ihr Weltbild. Dinge leuchteten nicht einfach so bläulich auf.

Kurzentschlossen suchte sie ihr Portemonnaie in der Handtasche und machte sich auf den Weg zum Treppenhaus.

Direkt neben der Kantine befand sich ein kleines fast schon gemütliches Bistro, in dem sich die Mitarbeiter der Krankenkasse außerhalb der Öffnungszeiten der eigentlichen Kantine relativ guten Kaffee aus einem Automaten kaufen konnten. Weiter hinten in einer Ecke befand sich auch noch ein Automat mit einer Auswahl an Schokoriegeln und anderen Süßigkeiten. Daneben ein Rollwagen zum Abstellen von Tabletts mit benutztem Geschirr.

Ute blickte von dem Bistro zum Bereich der Kantine. Um diese Uhrzeit war dort nichts mehr los. Die Angestellten hatten alles gereinigt, sauber aufgestellt und waren heimgegangen.

Nur der Kantinenchef saß dort und trank mit einem, wie ein Handwerker gekleideten Herrn, einen Kaffee. Das war durchaus nicht unüblich. Er nutzte die ruhige Zeit am Nachmittag regelmäßig für geschäftliche Gespräche mit seinen Lieferanten und möglichen neuen Kunden für das Mittagsangebot der Kantine.

Warum musste ausgerechnet heute einer dieser Tage sein, an dem hier Gespräche geführt wurden? Ute ärgerte sich ein wenig. Sie blickte sich um und nahm einen Teelöffel aus der kleinen Kiste neben dem Kaffeeautomaten. Dann ging sie wie selbstverständlich zu dem Tisch, an dem sie heute Mittag das eigenartige Erlebnis hatte. Der Kantinenchef blickte kurz fragend in ihre Richtung.

„Ich suche nur eben meinen Autoschlüssel" sagte sie lächelnd. Der Kantinenchef nickte ihr kurz zu und konzentrierte sich dann wieder auf seinen Gesprächspartner.

Ute nahm den Teelöffel in die Hand und kniete neben den Tisch von heute Mittag.

Sie hatte sich nicht getäuscht, wieder leuchtete der Teelöffel in einem bläulichen Schimmer, der nur im Halbdunkel unter dem Tisch wirklich erkennbar war. Es war wie ein Elmsfeuer an einem Schiffsmast oder eine Art Aura, die da um den Löffel herum erschienen. Wunderschön und geheimnisvoll.

Irgendwann merkt sie, dass sie schon zu lange auf der vermeintlichen Suche nach ihrem Autoschlüssel unter dem Tisch verschwunden war.

Als sie unter der Tischplatte hervorkam, lenkte der Handwerker gerade wieder seinen Blick von ihr zurück hin auf den Kantinenchef. Sie lächelte leicht gequält in seine Richtung und ging dann schnell zurück in den Bistrobereich. Er blickte ihr nochmal mit einem klaren Blick hinterher.

Sie nahm eine vorgewärmte Tasse vom Stapel der Warmhaltevorrichtung und wählte einen Café Crema an der Kaffeemaschine. Nachdem sie sich auch noch einen Schokoriegel gezogen hatte nahm sie an einem der Bistrotische Platz.

Was war es nur, was sie dort unten gesehen hatte? Warum ist das bläuliche Licht noch keinem anderen ihrer Kollegen vorher aufgefallen? Sie zermarterte sich das Hirn, kam aber zu keiner für sie schlüssigen Erklärung.

So gedankenversunken saß sie dort, dass sie gar nicht bemerkte, wie ein Mann zu ihr an Tisch trat. Ein kurzes dunkles Räuspern ließ sie aus ihren Gedankenspielen aufschrecken. Sie blickte hoch und erkannte den vermeintlichen Handwerker, der bis eben noch zusammen mit dem Kantinenchef hinten an dem anderen Tisch gesessen hatte.

Der Blick des Mannes war wie ein kalter Windhauch auf ihrer Haut. Die blauen Augen hatten etwas Unangenehmes.

Noch bevor sie etwas sagen konnte, griff er in sein Sakko und holte aus einer der Innentaschen eine Visitenkarte hervor. Er legte sie langsam vor Ute auf den Bistrotisch.

„Sie haben etwas ungewöhnliches gesehen nehme ich an?"

Ute fühlte sich irgendwie ertappt und suchte erfolglos nach einer schnellen, nichtssagenden Antwort.

„Ich kann Ihnen gerne erzählen, was Sie womöglich gerade gesehen haben und was hier im Raum momentan passiert. Bitte rufen Sie mich unbedingt an. Wann immer Sie Zeit haben."

Plötzlich war auch schon der Kantinenchef da und begleitete den Mann in Richtung Ausgang. Sie hob erneut zu einer Erwiderung an, aber da waren beide schon im Fahrstuhl verschwunden.

Ute war völlig verwirrt, auch etwas beschämt. Wer war dieser Mann? Sie schaute sich die Visitenkarte an. Eine normale Karte aus leicht gelblichem festem Papier. Drees Brunnenbau hieß die Firma und Werner Drees war offensichtlich der Name des Geschäftsführers.

Woher wusste dieser Herr Drees etwas von ihrer eigenartigen Beobachtung unter dem Tisch? Irgendwie machte dieser Mann ihr Angst. Dennoch steckte sie die Karte ein, stellte ihre Kaffeetasse auf den Wagen für das schmutzige Geschirr und ging zum Treppenhaus.

Erstmal auf das Sofa und einen klaren Kopf bekommen, dachte sie bei sich.

12

David saß bereits in einer ruhigen Ecke des Café Knötel, vor einem Teller mit einem Stück gedeckten Apfelkuchen sowie einem weißen Kännchen Assam Tee an der Seite. Er bemühte sich redlich mit einer jüngeren Frau einige Tische weiter, via Blickkontakt einen Flirt zu beginnen.

Als plötzlich Julias Stimme direkt neben ihm ertönte, zuckte er sichtlich zusammen.

„Wenn du weiter so komisch guckst, denken die Leute noch du hast einen Schlaganfall und rufen den Notarzt."

David hob eine Augenbraue als Julia sich an den Tisch setzte.

„Du hast einen ziemlich niederen Charakter Mademoiselle."

„Und Hunger habe ich auch noch."

Einige Minuten später standen vor Julia ein großer Milchkaffe und ein gewaltiges Stück Schwarzwälder Kirsch Torte.

„Die Stadtbibliothek war für die Recherche leider nicht wirklich ergiebig." begann David. "In den meisten Büchern stand fast immer dasselbe. Einige Daten zu den wesentlichen Bauphasen und die Beschreibung des hohen Turms. Wenn es doch eine detaillierte Arbeit zu der Kirche geben sollte, befindet sie sich leider nicht in der Stadtbibliothek. Da gab es allerdings ein schmales Heft zur bremischen Kirchengeschichte. Das sah ganz interessant aus. Dort wurden alle innerstädtischen Kirchen Bremens beschrieben. Auch die im Krieg zerstörten. Dabei mindestens zwei, die ich gar nicht auf dem Zettel hatte."

David blickte kurz auf sein Tablet: „Das Katharinen-Kloster und die Kirche St. Elisabeth vom Deutschen Ritterorden. Wenn man das alles so hört, hatte Bremen wirklich unglaublich viele Kirchen in der Innenstadt. In dem Artikel deutet die Autorin zudem an, dass die Kirchenstandorte nicht zufällig gewählt worden waren, sondern aus einem bestimmten Grund eine Art Ring in der Altstadt bildeten. Das muss ich mir aber nochmal genauer im Detail ansehen."

Julia überlegte: „Das Thema weitet sich gerade ziemlich aus. Wir sollten uns doch erstmal auf St. Ansgarii konzentrieren."

David nickte zustimmend.

„Du hast recht. Erstmal St. Ansgarii, und wenn dann noch Zeit und Platz ist, nehmen wir uns auch die anderen Kirchen vor."

Julia reichte David ihr Mobiltelefon, auf dem sie die Fotogalerie aufgerufen hatte: „Schau mal dieser alte Briefbogen, jetzt haben wir eine Adresse und einen Namen zu Bremensis Novus." Leichter Stolz schwang in ihrer Stimme.

David bekam leuchtende Augen: „Ich wusste, warum ich dich um deine Mitarbeit gebeten habe. Beim Auffinden solcher Informationen hast du immer ein ausgezeichnetes Händchen. Gratuliere, der beste aller möglichen Ansätze für unsere weitere Suche."

„Hohentorstrasse 26, da können wir gleich morgen Vormittag mal hinfahren." Überlegte David. „Morgen Nachmittag ist eine öffentliche Infoveranstaltung des Vereins, der die St. Ansgarii Kirche wieder aufbauen möchte. Da müssen wir unbedingt hin. Letztlich ist es der Verein, den wir mit unserer Artikelserie am meisten unterstützen werden."

„Stimmt, wenn wir vormittags einen Menschen von Bremensis Novus sprechen können, haben wir bereits so viel Text, dass es für mindestens zwei Artikel der St. Ansgarii Serie reichen dürfte. "

David lehnte sich entspannt zurück, so machten ihm Recherchen Spaß. Binnen eines Tages hatten sie bereits viele wichtige Mosaiksteinchen zusammentragen können.

„Lass uns auf dem Rückweg zum Hotel mal beim Katharinen-Kloster vorbeischauen." schlug David vor. Julia nickte zustimmend.

David zahlte die Heißgetränke und das Backwerk, dann machten sie sich auf den kurzen Weg zum ehemaligen Katharinen-Kloster.

Schnell fanden sie mit Hilfe ihrer Navigations-Apps die Katharinen-Passage in der Fußgängerzone der Bremer Innenstadt, gar nicht so weit vom Café Knötel entfernt.

Eine Kirche war allerdings nirgendwo zu sehen. Als sie einige Schritte auf die Passage zugegangen waren, erkannten sie jedoch, mitten in das Pflaster eingelassen, eine schwarze Steinplatte mit dem typischen eingravierten Grundriss einer Kirche. Hier waren sie auf dem richtigen Weg.

Beim Gang durch die Einkaufs-Passage entdeckten sie jedoch keinen weiteren Hinweis auf eine Kirche. Nur kurze Zeit später waren sie bereits am Ausgang der Passage. Direkt rechts daneben befand sich die Einfahrt zu einem Parkhaus. Links schien ein ruhiger Platz mit steinernen Sitzmöglichkeiten zu sein.

David blickte sich um. Dort, direkt vor ihnen waren in das Gebäude integriert, ganz eindeutig alte offensichtlich gotische Fenster zu sehen. Sie gingen etwas weiter nach rechts. Dort war ein Speiselokal, die Katharinen-Schänke.

Julia warf einen Blick auf die ausgehängte Speisekarte „Ziemlich bodenständige Küche. Eher was für dich." rief sie David zu.

Diese Spitze geflissentlich ignorierend steuerte David auf den Eingang zu und hielt Julia demonstrativ mit einem angedeuteten Diener die Tür auf.

Nach der modernen Glas- und Betonarchitektur der Einkaufs-Passage betraten sie plötzlich eine völlig andere Welt. Unverputzte Backsteinmauern, gewölbte Decken und gotische Fenster. Wären nicht überall Stühle und Tische für die Gäste platziert worden, hätte man sofort vermutet, in einer alten gotischen Kirche zu stehen.

„Möchten Sie vielleicht an den Tisch dort drüben am Fenster?" fragte eine wie aus dem Nichts aufgetauchte Kellnerin.

Sie trug ein Dirndl und wollte so gar nicht nach Norddeutschland passen. Nachdem David eine Sekunde zu lange mit dem Blick auf dem kleinen tätowierten Herzchen, das das ausladende Dekolleté der Kellnerin preisgab, hängen blieb, kam die Antwort von Julia: "Können wir auch den Tisch, dort hinten in der Ecke nehmen?"

„Selbstverständlich. Darf ich Ihnen schon etwas zu trinken bringen?" fragte die Kellnerin als sie beiden eine gefaltete Speisekarte hinlegte. David und Julia überlegten kurz, dann bestellte David ein Pils und Julia bat um eine Rhabarbersaftschorle.

Nachdem die bajuwarische Bedienung gegangen war, zog David ein Tablet aus der Tasche.

„Wir sitzen jetzt im Refektorium des ehemaligen St. Katharinen-Klosters. Wenigsten das wurde stehengelassen. 1960 hat man den damals noch vorhandenen Chor des Kirchenschiffes stumpf einfach abgerissen. Trotz Denkmalschutz und viel geschichtlicher Relevanz war eine Verbreiterung der Straße daneben wohl wichtiger." las David aus seinen Notizen vor.

„In Bremen hielt man nach dem Krieg wohl nicht viel von alten Kirchenbauten. Irgendwie ist da eine Serie erkennbar." grübelte Julia.

„Umso spannender, dass es jetzt diese Initiative zum Wiederaufbau der St. Ansgarii Kirche gibt. Was hat sich heute gegenüber damals verändert? Damals musste man die Stadt eh wieder aufbauen, da hätte man sich doch gleich um die Kirchen kümmern können."

Schon erschien auch schon die Kellnerin mit ihren Getränken. Ihre Frage, ob die beiden denn auch etwas essen wollten, verneinten sie. Sofort konzentrierten sie sich wieder auf Davids Tablet.

„Vielleicht sollten wir auch berücksichtigen, dass es sein kann, dass die Menschen hier auch heutzutage gar keinen Wiederaufbau der Kirche möchten. Dann wäre die von deiner Zeitung unterstützte Aktion gar nicht so positiv."

David stimmte Julia nickend zu: „Möglich wäre es durchaus. Da verstehe ich euch Deutsche allerdings nicht. In Amerika wären wir froh, so alte Geschichte wieder an das Licht der Öffentlichkeit zu bringen. Insbesondere noch, wenn es sich um eine Kirche handelt. Mal schauen, was wir morgen auf der Infoveranstaltung dazu erfahren."

Sie leerten ihre Gläser und David bezahlte. Seinen erneuten Blick in Richtung Herzchen quittierte Julia mit einem strafenden Blick.

„Manche Dinge müssen einfach nicht sein." versuchte sie mit einiger Strenge und schüttelndem Kopf zu sagen.

„Was?"

13

Nachdem Kevin im Verlaufe des Tages immer mal wieder neugierig ein kleines Stückchen Gemüse in die geheimnisvolle Nische gelegt hatte, nur um festzustellen, dass diese wie alle vorherigen innerhalb kürzester Zeit gammelten, legte er einer inneren Eingebung folgend seine batteriebetriebe Armbanduhr hinein.

Gegen 18:00 Uhr war er endlich mit seiner Schicht fertig. Alles was ihm aufgetragen worden war blinkte gereinigt oder war ordentlich wegsortiert. Langsam kamen bereits die Mitarbeiter der Spätschicht in die Küche.

Erschöpft und ziemlich müde, auf dem Weg zu seinem Spind, nahm er sich seine Armbanduhr zurück aus der Nische.

Eine Mischung aus Angst und Frustration stieg in ihm hoch. Die Uhr war stehengeblieben. Er schüttelte sie leicht, jedoch ohne Erfolg. Auch das Verstellen der Uhrzeit an dem kleinen seitlichen Rädchen brachte die Uhr nicht zum Laufen.

„Das wäre schon ein unglaublicher Zufall, wenn jetzt die Batterie leer wäre." dachte er bei sich. Die Uhr hatte er zum bestandenen Abitur von seinen Eltern geschenkt bekommen. So, wie er seine Eltern kannte, muss recht teuer gewesen sein. In den vergangenen Jahren lief sie immer unglaublich präzise.

Er nahm seine Jacke aus dem Spind und ging hinaus in die Einkaufspassage. Nach kurzem Überlegen, entschied er sich, die Uhr jetzt gleich von einem

Fachmann überprüfen zulassen. In allen großen Kaufhäusern der Innenstadt waren Servicestationen, an denen man sich ohne Termin und längere Wartezeit, eine neue Batterie oder ein neues Armband für seine Uhr besorgen konnte.

Zielgerichtet ging er durch die Sögestraße in das nächstgelegene Kaufhaus. Die Schmuck- und Uhrenabteilung befand sich gleich im Erdgeschoss. Dort fand er auch gleich den Anlaufpunkt für den Uhrenservice.

„Können Sie sich die hier bitte mal anschauen?" fragte er und reichte die Uhr der hinter dem Tresen stehenden Frau. Nach einem kurzen prüfenden Blick durch eine Lupe, die sie an ihrer Brille befestigt hatte, öffnete sie auch schon routiniert den hinteren Deckel und entnahm die Batterie. Den Ladezustand prüfte sie mit einem kleinen gelben Messgerät, dass sofort nach dem Anlegen zweier Kabel eine Zahl anzeigte.

„Also, an der Batterie liegt es nicht, dass die Uhr nicht geht." rief sie in Kevins Richtung. Sie blickte nochmals durch die aufgesetzten Lupen ihrer Brille in die Armbanduhr.

„Da haben wir auch schon das Problem." sagte sie etwas verwundert.

„Waren Sie mit der Uhr mal ohne Dichtung in einem Dampfbad oder einer Sauna? Der Kontakt hier ist völlig korrodiert. So etwas sieht man bei so neuen und hochwertigen Uhren eigentlich nie. Sieht aber schon nach einem Materialfehler aus. Wie lange haben Sie die Uhr schon?"

Kevin überlegte kurz. „Knapp zwei Jahre."

„Dann ist es definitiv ein Materialfehler. Ich versuche mal, ob ich die Korrosion entfernen kann. Sieht aber ziemlich übel aus."

„Wie teuer wird denn so eine Reparatur?"

„Keine Sorge, ist ja gerade nichts los. Ich probiere es erst einmal so."

Nach gut fünf Minuten und zahlreichen leisen Flüchen, legte die Uhrmacherin die Batterie wieder ein und betrachtete mit einiger Zufriedenheit die sich wieder gleichmäßig bewegenden Zeiger.

Sehr vorsichtig legte sie auch noch eine neue Dichtung ein, schloss dann den Deckel und reichte die Uhr an Kevin zurück.

„Damit würde ich mich direkt an den Hersteller wenden. Sie geht zwar wieder, aber so eine Korrosion darf in einer solchen Uhr überhaupt nicht entstehen. Fünfzehn Euro bitte."

Vor dem Kaufhaus blickte Kevin grübelnd auf seine Armbanduhr.

14

Am nächsten Morgen saß David bereits um 07:00 Uhr wohlgelaunt an einem reich gedeckten Frühstückstisch im Speisezimmer des Hotels und schrieb an seinem ersten Text für die Artikelserie. Die Recherche verlief eigentlich recht zügig, er war jetzt mit den Örtlichkeiten vertraut, da konnte er bereits die ersten einleitenden Abschnitte seiner Serie fertigstellen.

Er nahm sich die Zeit, den St. Ansgarii Artikel aus der Publikation der Privatbank Heel & Müller genauer durchzuschauen. Die Autorin hatte nicht nur akribisch die wichtigsten geschichtlichen Abschnitte des Kirchenbaus dargestellt, sie stellte den Bau auch in Verbindung mit mehreren anderen innerstädtischen Kirchen Bremens. Letztlich entwarf sie einen Ring aus Kirchen in der Innenstadt. Eine faszinierende Überlegung mit Blick auf die hohe Kirchendichte der Innenstadt.

Nach Rührei mit einigen krossen Speckstreifen, zwei Brötchen, einem Glas Orangensaft, einem Glas Tomatensaft mit viel Tabasco und einem Kännchen Kaffee war es jetzt fast halb neun und Julia blickte etwas zerknautscht in den Frühstücksraum.

„Leidest du immer noch an seniler Bettflucht?" fragte sie noch sichtbar von heftiger Müdigkeit gezeichnet.

„So ist mein Biorhythmus. Morgens habe ich meine Zeit höchster geistiger Frische. Du weißt doch: The early birt…" grinste David. „Kann ich schon mit dir reden, oder bist du noch nicht aufnahmefähig?"

„Ich bin hellwach und hochkonzentriert."

„Diese Truppe von Bremensis Novus schien nicht besonders lange bestanden zu haben. Ich vermute, die waren eher zweckgebunden zum Wiederaufbau und der Neugestaltung der Innenstadt direkt nach dem Krieg zusammengekommen und haben sich dann, als der Wiederaufbau lief, ganz still und leise wieder aufgelöst. Dafür spricht eigentlich die dünne Quellenlage im Staatsarchiv. Aber mal schauen, wen oder was wir in der Hohentorstrasse 26 vorfinden werden.“

„Ich denke auch, dass diese Nachmittagsveranstaltung vom Verein „Wir errichten Ansgarii neu“ e.V. am meisten brauchbare Informationen bringen dürfte. Letztlich soll es ja genau darum in deiner Artikelserie gehen.“ erwiderte Julia während sie sich einen Haufen frisch geschnittene Obststücke auf ihr Müsli häufte.

Sie schaute David fragend an: „Glaubst du wirklich, dass Amerikaner für den Wiederaufbau einer deutschen Kirche spenden werden? Das ist zeitlich und räumlich doch alles so weit weg.“

„Wir Amerikaner sind zu einem großen Teil nicht nur deutschstämmig, sondern auch sehr christliche Menschen und wenn es darum geht anderen Christenmenschen beim Bau einer Kirche zu helfen, geht bestimmt der eine oder andere Geldbeutel auf. Viele von uns haben da einen richtigen missionarischen Helferkomplex. Außerdem war Bremen nach dem Krieg amerikanische Besatzungszone, da gibt es mehr Erinnerungen und Verbindungen als man glaubt.“ antwortete David mehr zu sich selbst. „Daher interessiert mich auch diese Gruppierung Bremensis Novus so besonders. Warum haben die sich damals so vehement gegen den Wiederaufbau der Kirch ausgesprochen? Ich möchte ein Gefühl dafür bekommen, warum man damals aufwendig alle Kirchenreste entfernt hat. Wie ist eigentlich die Meinung in der Bevölkerung heute zu dem Thema?"

Von Julia kam ein zustimmendes Nicken: „Wohl wahr, was nützt es Spenden zu sammeln, für ein Projekt, das von der Bevölkerung vielleicht gar nicht gewollt ist. Ich weiß leider nicht mehr genau, wie die Stimmungslage damals bei der Dresdner Frauenkirche war."

Eine knappe Stunde später hatte auch Julia ihr Frühstück beendet und beide waren mit dem ersten Artikel der geplanten Reihe so gut wie fertig. Der Anfang beschrieb die historischen Daten der St. Ansgarii Kirche.

Noch bevor Julia irgendetwas sagen konnte, setzte David sich bei der Wahl des Transportmittels durch und diesmal gingen sie zu seinem Wagen.

„Das Navi kennt komischerweise die Hausnummer in der Hohentorstraße nicht." wunderte sich Julia als sie die Adresse in ihr Telefon eingab.

„Lass uns erstmal zu der Straße fahren, dann können wir direkt vor Ort nach dem richtigen Haus schauen."

Der alte Sechszylinder des BMW schnurrte geschmeidig vor sich hin. David folgte der Ansage der weiblichen Stimme aus Julias Mobiltelefon und bog vom Hotelparkplatz nach rechts ab.

Die Navigation leitete sie schnurstracks einmal quer durch die Stadt, dann über die Weser hinweg in die Bremer Neustadt.

„Ich glaube ja nicht, dass wir da noch jemanden von Bremensis Novus treffen." überlegte David. „Aber vielleicht finden wir einen Hinweis, oder jemand dort kennt die Vereinigung oder ein ehemaliges Mitglied noch."

David bog von der Westerstraße nach links in die Hohentorstraße und suchte sich eine Parklücke. Nach wenigen Metern hatten sie Glück und David parkte den Wagen am Straßenrand. Nachdem sie ausgestiegen waren blickten sie auf die Hausnummern der gegenüberliegenden Straßenseite.

„Da ist die 58." rief Julia, "wir müssen weiter nach links."

Nachdem sie einige Schritte weiter gegangen waren und über die Westerstraße dem Verlauf der Hohentorstraße folgten, endete die Straße abrupt in einem kleinen Parkplatz vor einer mehrere Meter hohen grauen Wand aus Metallplatten.

Sie blickten sich fragend an.

„Das war ja wohl nichts." entfuhr es Julia. „Hier fehlen komischerweise mehr als fünfzig Hausnummern."

„Vielleicht geht die Straße hinter der Wand irgendwo weiter und wir sind nur von der falschen Seite hergekommen."

Sie warfen gemeinsam einen Blick auf die Karte.

„Da ist keine weiterführende Straße mehr. Schau, hier ist nur Industriefläche und eine Brauerei." David zeigte auf das betreffende Gebiet.

„Man hat in den vergangenen Jahrzehnten ja wohl heftig an einem völlig neuen Stadtbild gearbeitet. Bremensis Novus heißt neues Bremen. Das zeigt hier seine klare Bedeutung." bemerkte Julia als sie nochmal das Foto des Briefbogens auf ihr Mobiltelefon holte. „Die Adresse Hohentorstraße 26 ist aber absolut richtig, hier schau auf den Briefbogen."

David warf einen Blick auf das Foto aus dem Staatsarchiv: „Der Brief wurde nur wenige Jahre nach dem Krieg geschrieben, wer weiß, wie es damals hier aussah. Die Weser mit ihren Häfen ist nah, da ist im Bombenkrieg sicherlich einiges verschwunden. Vielleicht war hier schon damals eine Art Industriegebiet. Solche Bereiche wurden von den Alleierten ja vorrangig bombardiert."

„Eine Idee habe ich noch." Julia zeigte auf das Foto: „Da unter der Unterschrift ist der Name des Unterzeichners von Bremensis Novus angegeben, ein Adolf Drees. Den Namen könnten wir in alten Adressbüchern aus Bremen suchen. Die Bücher sind vollständig digitalisiert, man kann sie komplett online abrufen."

David grinste: „Sehr gut. Genau deshalb habe ich dich gebeten, die Recherche gemeinsam mit mir zu machen. Dann leg mal los, vielleicht findest du eine alte, und am besten auch gleich eine aktuelle Adresse von diesem Herrn Adolf Drees. Wenn uns jemand helfen kann, dann er."

Gemeinsam gingen sie zurück zu Davids Wagen und Julia holte ihr Laptop aus dem Kofferraum. Bereits nach wenigen Minuten Recherche hellte sich Julias Miene sichtbar auf. Sie kritzelte immer wieder einige kurze Notizen auf einen Block, während sie die alten Adressbücher durchsuchte.

„Ich hab's!" Julia hob triumphierend ihren Block in die Höhe. „Adolf Drees hatte vor dem Krieg eine Brunnenbaufirma in der Großen Johannisstraße 23a. Das Gebäude muss aber ebenfalls ausgebombt worden sein, die Hausnummern 1 bis 35 der Straße gibt es heute auch nicht mehr. Ich habe allerdings eine Firma mit Namen Drees Brunnenbau in der Benefelder Straße 11 gefunden. Die gibt es auch heute noch, nur heißt der Inhaber Werner Drees. Aber so viele Brunnenbauer mit Nachnamen Drees wird es ja wohl in Bremen nicht geben."

„Dann lass uns da gleich mal hinfahren. Immerhin ist es auch hier auf dieser Weserseite. Wirf bitte nochmal die Navigation auf deinem Handy an." David schloss den Kofferraum und beide setzten sich wieder in den Wagen.

Julias Navigations-App bat um eine Wendung und dann Weiterfahrt in die Gegenrichtung. David trat auf das Gaspedal und machte mit quietschenden Reifen eine 180° Wendung quer über die gesamte Breite der Straße hinweg.

„Mich beeindruckst du mit solchen Manövern nicht. Es sei denn, du möchtest dein Armaturenbrett vollgekotzt haben." Julias Blick hatte etwas Tödliches.

Nach knapp zehn Minuten war Julia wieder fröhlich wie immer. Sie bogen in die Benefelder Straße ein. Die

Firma Drees Brunnenbau GmbH & Co. KG war schon aus einiger Entfernung auszumachen. Ein älteres Firmenschild ragte aus einem der Grundstücke heraus. David steuerte auf den kleinen vor dem Gebäude befindlichen Parkplatz und stellte den BMW in einer am Rande des Platzes befindlichen Parklücke ab.

„Dann drücke uns mal die Daumen, dass wir hier endlich mal fündig werden." David öffnete seine Tür und stieg aus. Das Gebäude war ein älteres Einfamilienhaus mit beigefarbenen Klinkern. Hinter dem Haus erhob sich eine größere Wellblechhalle mit einem danebenstehenden Bohrfahrzeug. Ein typischer kleiner Familienbetrieb.

Sie folgten dem an der Hausfront befestigten Hinweisschild mit der Aufschrift „Büro". David klingelte an der Tür, die sie in Richtung der Wegweisung fanden.

15

Ihr gemeinsames Experiment in der Sachbuchabteilung ließ Friederike nicht mehr los. Sie und Max hatten beide etwas gespürt. Diese tiefsitzende Angst war doch nicht normal.

Wozu arbeitete sie denn ein einer Bibliothek? Wenn es einen Ort gab, an dem man sich über solche Phänomene kundig machen konnte, dann war es ja wohl hier. Allerdings war es wahrscheinlich wieder die Sachbuchabteilung, in der sie suchen mussten.

Friederike seufzte innerlich, als sie über die Besuchertreppe wieder in die zweite Etage ging. Sie wusste, solange sie sich am Rand hielt, würde alles in Ordnung sein. Sie sagte es sich Mantra artig immer wieder.

Im zweiten Stock angekommen ging sie, den mittleren Teil des Raumes tunlichst meidend, an eines der dort den Besuchern zur Verfügung stehenden Computerterminals. Über den öffentlich zugänglichen Bibliotheks-Online-Katalog OPAC suchte sie zunächst nach dem Wort „Angst". Hierzu gab es bereits fast tausend Ergebnisse.

Nach mehreren unterschiedlichen Suchen und Filtern hatte sie einige hoffentlich passende Bücher herausgesucht. Sie fotografierte die Ergebnisliste mit ihrem Mobiltelefon ab und begann die betreffenden Publikationen zusammen zu suchen.

Da die meisten der herausgefilterten Bücher im selben Bereich der Abteilung standen, hatte sie schnell einen ziemlich großen Bücherstapel auf dem Arm.

Friederike schaute sich kurz um und steuerte dann zielsicher auf eine leere Sitzgruppe zu. Dort sortierte sie alle Publikationen auf dem kleinen Tischchen zunächst nach möglicher Relevanz.

Logischerweise musste hier die Angst aufgrund irgendeiner äußeren Einwirkung erfolgen. Außerdem war sie ja ganz klar räumlich auf die Mitte der Etage begrenzt. Äußere Einwirkungen könnten durch Licht, Ton oder auch Geruch erfolgen. Sie blätterte die Bücher nach möglichen äußeren Einwirkungen zur Erzeugung von Angst durch und blieb bei einem Artikel zum Thema Infraschall hängen:

Dass Infraschall bei Menschen unbestimmte Angst hervorruft, wird immer wieder berichtet und ist im folgenden Abschnitt belegt:

Infrasonic – Das 17-Hz-Infraschallexperiment
Am 31. Mai 2003 führte eine Gruppe von britischen Wissenschaftlern um Richard Wiseman ein Massenexperiment durch, bei dem sie 700 Menschen mit Musik beschallten. Diese war mit einer 17-Hz-Sinusschwingung von 90 dB angereichert und von einem Subwoofer mit einer Langhubmembran erzeugt. Dies liegt deutlich über der menschlichen Wahrnehmbarkeitsschwelle, die bei dieser Frequenz bei 77 dB liegt.
Durch die laute Musik wurde die Wahrnehmbarkeit abgemildert, wobei dennoch viele Teilnehmer den Infraschall erkennen konnten. Der Subwoofer wurde in einer sieben Meter langen Kunststoffröhre, wie sie im Kanalisationsbau verwendet wird, so aufgestellt, dass er die Gesamtlänge der Röhre im Verhältnis 1:2 teilte.

Das experimentelle Konzert (mit dem Titel Infrasonic), aufgeführt in der Londoner Konzerthalle Purcell Room, bestand aus zwei Aufführungen mit je vier Musikstücken. Je zwei der Musikstücke waren mit dem beschriebenen 17-Hz-Ton unterlegt.

Um die Testresultate von den Musikstücken unabhängig zu machen, wurde der 17-Hz-Ton in der zweiten Aufführung gerade unter diejenigen zwei Stücke gelegt, die in der ersten Aufführung frei davon waren. Den Teilnehmern wurde nicht mitgeteilt, welche der Stücke den Ton enthielten.

Wurde der Ton gespielt, berichtete eine signifikante Zahl von Befragten (22%) von Beklemmung, Unbehagen, extremer Traurigkeit, Reizbarkeit verbunden mit Übelkeit oder Furcht, einem „Kalt den Rücken runterlaufen" und Druck auf der Brust.

Als diese Ergebnisse der British Association for the Advancement of Science präsentiert wurden, sagte einer der verantwortlichen Wissenschaftler: „Diese Ergebnisse legen nahe, dass Klänge niedriger Frequenz bei Menschen ungewöhnliche Erfahrungen auslösen können, selbst wenn sie Infraschall nicht bewusst wahrzunehmen vermögen."

Das musste es sein, Infraschall. Nicht zu sehen, für den Menschen nicht zu hören und vielleicht auch auf einen bestimmten Bereich zu fokussieren. Zudem, wenn es wirklich Infraschall war, musste man ihn auch irgendwie messen können.

Sie würde Max morgen fragen, ob er jemanden mit einem Messgerät kannte oder wusste, wo man eines leihen könnte. Dann hatten sie die Möglichkeit zu prüfen, ob es wirklich Infraschall war und vielleicht sogar, woher dieser kam.

Friederike war zufrieden mit sich und der Welt, als sie die Bücher wieder an ihre Standorte wegsortierte. So leicht ließ sie sich nicht Angst machen, so leicht nicht.

16

David drückte auf den weißen 70er Jahre Kunststoff-Klingelknopf, neben dem ein kleines Schild mit der Aufschrift „Büro" zu sehen war. Wenige Sekunden später öffnete sich die Tür aus dunklem Tropenholz mit bunten Glaseinsätzen.

Eine dunkelblonde junge Frau stand vor ihnen und lächelte: „Kommen Sie doch herein. Wie kann ich Ihnen helfen?"

Julia übernahm instinktiv die Gesprächsführung: „Guten Tag, mein Name ist Julia Mindermann und das ist David Shriner. Wir sind Journalisten und arbeiten gerade an einer Artikelserie für den New York Mirror. Eigentlich sind wir auf der Suche nach einem Herrn Adolf Drees. Hat er irgendetwas mit Ihrem Unternehmen zu tun?"

Die junge Dame nickte eifrig: „Oh ja, das ist mein Großvater. Was möchten Sie denn von ihm? Was hat er mit New York zu tun?"

„Dort sitzt nur die Zeitung, für die wir gerade arbeiten. Im Zuge einer Recherche über Bremen in der Nachkriegszeit habe ich seinen Namen im Zusammenhang mit der Vereinigung Bremensis Novus gesehen. Leider habe ich dazu keine weiteren Informationen gefunden und nun hoffen wir, dass ihr Großvater etwas Licht ins Dunkel bringen kann." erläuterte Julia.

Die junge Dame war sichtlich überrascht: „Das ist ja spannend. Bremensis Novus, richtig? Habe ich noch nie gehört, sagt mir überhaupt nichts. Aber mein Kontakt zu meinem Großvater ist auch nicht besonders intensiv. Er spricht nicht viel über die Vergangenheit. Aber bitte, nehmen Sie doch Platz." Sie zeigte auf eine Sitzecke mit gemütlichen schwarzen Ledersesseln und einem Couchtisch voller Fachzeitschriften.

„Wir wären, wie sagt man, sehr dankbar, wenn Sie uns könnten bringen in contact." sagte David langsam. Seinen urplötzlich auftretenden schweren Südstaatenakzent nutzte er gerne um auf der anderen Seite Hilfsbereitschaft für den Amerikaner aus der Fremde hervorzurufen.

Die junge Dame lächelte nun noch etwas mehr: „Ich denke, dann kann Ihnen mein Vater viel besser helfen. Er ist gerade hinten in der Halle." Sie ging zu einem Schreibtisch an der linken Seite und tippte zwei Ziffern in das dortige Telefon. „Hallo Papa, kannst du bitte mal eben ins Kontor kommen? Hier sind zwei amerikanische Journalisten, die Fragen zu Opa haben. Das weiß ich auch nicht, komm doch einfach mal eben her und sprich selbst mit ihnen."

Die junge Dame ging zu einem Kaffeeautomaten neben dem Schreibtisch: „Mein Vater kommt gleich zu uns rüber, er kann Ihnen sicherlich mehr erzählen. Möchten Sie einen Kaffee, Espresso oder Latte Macchiato?"

Julia nickte: „Für mich bitte einen Milchkaffee, Frau Drees."

„Ich habe mich noch gar nicht vorgestellt, ich bin Jutta Baukloh, mein Vater ist hier der Geschäftsführer."

„Can your machine make a cappuccino for me, please? Äh, könnte ich bitte haben einen Cappuccino?" David legte sein einnehmendstes Lächeln auf und wurde durch ein eben solches seiner Gesprächspartnerin belohnt.

Nur wenige Augenblicke später öffnete sich die Tür und ein Mann mittleren Alters mit dunklen Haaren und breiten Schultern trat herein.

„Werner Drees. Was kann ich für Sie tun? Sie haben sich nach meinem Vater erkundigt?" Der Mann hielt Julia seine riesige Hand entgegen.

„Guten Tag. Mein Name ist Julia Mindermann und das ist David Shriner. Wir sind Journalisten und arbeiten gerade an einer Artikelserie für den New York Mirror."

David ergänzte, weiter in einem schweren Südstaatenakzent: „Bei unsere Recherche zu Bremen in der Nachkriegszeit sind we auf eine strange Association mit dem Namen Bremensis Novus gestoßen. Your Father schien dort eine führende Rolle gespielt zu haben."

„Das ist richtig, mein Vater war damals sehr aktiv bei den Planungen zum Wiederaufbau der zerstörten Bremer Innenstadt beteiligt. Das Bohrgerät unserer Firma wurde auch bei der Verlegung neuer Versorgungsleitungen benötigt. Er ist heute leider nicht hier, sonst könnte er Ihnen alle Details und Geschichten dazu erzählen."

Herr Drees nahm seiner Tochter eine Tasse Kaffee ab, die sie mittlerweile dem Kaffeeautomaten entlockt hatte. „Ich weiß aus seinen Erzählungen zwar auch einiges aus dieser Zeit, aber den besten Überblick kann Ihnen sicherlich mein Vater direkt geben."

„Können Sie uns vielleicht etwas zu der Vereinigung Bremensis Novus sagen?" warf Julia ein.

Werner Drees überlegte einen kleinen Moment: „Bremensis Novus, den Namen habe ich lange nicht mehr gehört. Das war eine Vereinigung von einigen

Bremer Freunden meines Vaters, ich kenne ihre Namen leider nicht. Mein Vater hat früher ein paarmal aus der frühen Nachkriegszeit erzählt. Da gab es wohl einige ziemlich konträre Strömungen in Bremen, was den Wiederaufbau insbesondere in der Innenstadt anging. Wenn ich mich recht entsinne, haben die Mitglieder von Bremensis Novus versucht, das Stadtzentrum fortschrittlich und zukunftsmäßig zu entwickeln. Sie wollten bei der Innenstadtentwicklung nicht an irgendeinem Zeitpunkt der Geschichte stehenbleiben, sondern auch in der Innenstadt Fortschritt und Veränderung sehen. Die wichtigste Frage an seine inhaltlich heftigsten Gegner war immer „Ab welchem Zeitpunkt der Geschichte wollen Sie sich architektonisch nicht mehr weiterentwickeln und nur noch den Stillstand verwalten?" Das hat viele von ihnen ins Grübeln gebracht."

Julia fasste sofort nach: „Das ist genau das Thema, zu dem wir passende Gesprächspartner suchen. Besteht eine Möglichkeit, dass wir mit Ihrem Vater direkt sprechen können?"

Werner Drees lächelte milde: „Natürlich, aber ich warne Sie, wenn er erst einmal begonnen hat von dieser Zeit zu erzählen, werden Sie ihn kaum noch stoppen können. Ich werde ihn bitten, dass er Sie direkt anruft und einen Termin vereinbart. Haben Sie eine Karte, oder können Sie mir Ihre Kontaktdaten aufschreiben?"

Fast gleichzeitig reichten David und Julia ihm ihre Visitenkarten, die sie für genau solche Fälle immer in ihren Taschen parat hatten.

„Wir sind nur a short time here in Bremen." warf David ein „wir wären Ihnen so dankbar, wenn Sie Ihrem

Father um einen möglichst kurzfristigen Termin bitten könnten."

Werner Drees blickte interessiert auf die beiden Visitenkarten: „Ich kann wahrscheinlich gleich heute Mittag mit ihm sprechen, da sollte ein kurzfristiger Termin sicherlich möglich sein. Ach, Jutta, könntest du den beiden Journalisten bitte eine Karte von unserer Firma geben. Dann haben Sie unsere Nummer, falls noch Fragen bestehen."

David nahm die Karte dankend entgegen und steckte sie in die Brusttasche seines Hemdes.

Julia leerte inzwischen ihre Tasse Milchkaffee und stand auf: „Vielen Dank Frau Baukloh, Herr Drees. Sie haben für ein weiteres kleines Mosaiksteinchen für die Fertigstellung unserer Recherche gesorgt."

„Many thanks for your help." Auch David erhob sich und drückte erst Frau Baukloh und dann ihrem Vater fest die Hand.

„Keine Ursache. Mein Vater wird sich bestimmt kurzfristig bei Ihnen melden. Er ist zwar schon etwas über neunzig, aber noch ausgesprochen rüstig und absolut klar im Kopf." Werner Drees nickte ihnen kurz zu.

Als die Tür sich hinter ihnen schloss gingen David und Julia langsam zum Parkplatz auf den BMW zu.

„Jutta Baukloh" entfuhr es Julia.

David sang um Haltung bemüht, leise vor sich hin: "Oh I wish I was in Dixie, Hooray! Hooray! In Dixie Land, I'll take my stand..."

Beide schauten sich unvermittelt an und begannen fast gleichzeitig zu lachen.

Als beide wieder im Auto waren, hatten sie sich bereits etwas beruhigt.

„Ihr habt manchmal ziemlich eigenartige Namen in Deutschland. Ich war mir erst nicht sicher, ob ich Sie richtig verstanden habe. Auch wenn ich jetzt schon so viele Jahre hier bin, es gibt wieder und wieder Überraschungen. Ich dachte vorher immer, Herr Katzenellenbogen ist so skurril, dass es nicht besser werden kann." David verfiel erneut in einen Lachkrampf.

„Wie wäre es denn jetzt mit einem kleinen Mittagsimbiss?" erkundigte sich Julia mit einem leichten Dackelblick.

„Brillante Idee. Hast du irgendetwas Spezielles im Sinn?"

„Wenn wir schon in Bremen sind, wäre irgendwas Regionales ganz schön. Auf dem Domshof habe ich gestern ein paar mobile Imbissbuden gesehen. Für Streetfood bis du doch auch immer zu haben."

David grinste vielsagend, startete den Wagen und steuerte ihn vorsichtig in den fließenden Verkehr auf die Straße.

„Du kennst mich einfach zu gut. Ich fahre jetzt direkt in irgendein Parkhaus in die Innenstadt. Dann können wir den Domshof und die Infoveranstaltung heute Nachmittag auch noch gut zu Fuß erreichen."

„Perfekt, ein paar Schritte nach einem opulenten Mittagessen. Klingt nach einem Plan."

„Was für einen Eindruck hat dieser Herr Drees bei dir hinterlassen?" erkundigte sich David eher beiläufig.

„Bis auf den absolut bizarren Nachnamen seiner Tochter, fand ich seine Aussagen sehr interessant. Insbesondere der Satz seines Vaters „Ab welchem

Zeitpunkt der Geschichte wollen Sie sich architektonisch nicht mehr weiterentwickeln?" gab mir auch zu Denken."

„Das sind genau die Stimmungen, die ich für die Artikelserie einfangen möchte. Vielleicht ist der geplante Wiederaufbau ja doch nicht von einer so breiten Bevölkerungsschicht getragen. Wer weiß." David lenkte den Wagen nach links auf die Weser-Brücke Richtung Innenstadt.

„Deswegen ist die Informationsveranstaltung nachher auch so wichtig. Ich bin schon gespannt, wie man dort auf die Argumentation der Aufbaugegner eingeht." Warf Julia ein.

Wenige Minuten später steuerte David den BMW in das Parkhaus an der Violenstraße.

„Es wird mir ein ständiges Rätsel bleiben, warum ihr hier in Deutschland Parkplätze und Parkhäuser offensichtlich nur für Spielzeugautos baut." Ätzte David als er vorsichtig die engen Kurven im Parkhaus nach oben steuerte.

„Da ist man tatsächlich architektonisch in den 1960ern und den damals viel kleineren Autos stehengeblieben." lachte Julia. „Ein hervorragendes Beispiel dafür, dass Architektur sich unbedingt weiterentwickeln muss."

Gemeinsam verließen sie das Parkhaus in Richtung des Domshofs. Dort angekommen schauten sie in das Rund der unterschiedlichen kulinarischen Angebote. Julia entschied sich nach kurzer Überlegung für eine Schüssel Erbsensuppe mit Kochwurst, was David

trocken mit einem kurzen „Give peas a chance."
kommentierte.

David selbst bestellte eine Portion Labskaus mit zwei
beidseitig totgebratenen Spiegeleiern.

„Norddeutsches Essen sieht irgendwie immer wie
schonmal gegessen aus" sinnierte er „Labskaus,
Grünkohl, Knipp. Kauen gehört nicht zu den
norddeutschen Kernkompetenzen."

17

Den gesamten Nachmittag des vorherigen Tages hatte Ute die Visitenkarte in ihrer Tasche hin und her gedreht. Dieser breitschultrige Mann der Brunnenbaufirma war schon irgendwie seltsam. Hatte er wirklich das gesehen, was sie unter dem Tisch gesehen hatte? Konnte sie das Rätsel durch einen einfachen Anruf bei ihm lösen?

Abends auf dem heimischen Sofa, legte sie die Karte gut sichtbar neben das Telefon, das vor ihr auf dem Tisch lag. Nein, heute Abend würde sie dort ganz sicher nicht mehr anrufen. Vielleicht aber morgen aus dem Büro.

Als sie dann am nächsten Tag an Ihrem Schreibtisch im Büro saß, legte sie die Visitenkarte direkt vor ihre Tastatur und begann zunächst ihre E-Mails vom gestrigen Nachmittag abzuarbeiten. Irgendwann im Laufe des Vormittags ging ihre Kollegin vom Schreibtisch gegenüber in die Cafeteria zur Frühstückspause und Ute fasste sich ein Herz.

Sie setzte ihr Headset auf und tippte die Ziffernfolge von der Karte in das Telefonprogramm ihres Computers.

Nach zweimaligem Tuten wurde an der Gegenseite abgenommen: „Drees Brunnenbau, Werner Drees" ertönte eine dunkle Männerstimme am anderen Ende der Leitung.

„Guten Tag Herr Drees, mein Name ist Ute Plander. Sie hatten mir gestern Nachmittag in der Betriebskantine der Bremer Krankenkasse für Handel und Industrie Ihre Visitenkarte gegeben und mir angeboten, dass ich bei eventuellen Fragen bei Ihnen anrufen könnte. Ich wollte mich zunächst erstmal informieren, ob wir tatsächlich über dieselbe Angelegenheit sprechen."

Ihr telefonisches Gegenüber schien mit einer solchen Frage bereits gerechnet zu haben.

„Als ich gestern mit Ihrem Kantinenchef sprach, konnte ich sehen, wie Sie bei Ihrer Suche unter dem Tisch einen leicht bläulich leuchtenden Gegenstand in Ihrer Hand hielten."

Ute fühlte sich ertappt, ihre vorgespielte Suche nach Schlüsseln unter dem Tisch war wohl doch zu leicht zu durchschauen gewesen.

„Ja, das stimmt, es war ein einfacher Teelöffel." bestätigte sie. „Und Sie können mir das bläuliche Leuchten erklären?"

„Das Phänomen das Sie und auch ich dort gesehen haben, war eine starke, fokussierte energetische Entladung, vergleichbar mit einem sogenannten Elmsfeuer. Haben Sie diesen Begriff schon einmal gehört?"

Ute überlegte kurz: „War das nicht so ein Leuchten der Schiffsmasten bei Unwetter? Ich glaube, ich erinnere mich im Buch Moby Dick so etwas ähnliches gelesen zu haben."

„Ganz genau, da haben Sie auch gleich ein wunderbares Beispiel gefunden. Elmsfeuer deuten oftmals, wie auch in dem Buch beschrieben, einen baldigen Blitzeinschlag an, da hier sehr hohe Spannungen die Luftmoleküle ionisieren." erläuterte Werner Drees.

„Wollen Sie damit wirklich andeuten, dass in unserer Betriebskantine in Kürze ein Blitz einschlagen wird?" fragte Ute eher amüsiert.

„Das vermute ich mal nicht gleich. Es ist wahrscheinlich nur ein etwas irgendwie ähnliches, räumlich aber sehr begrenztes, Phänomen. Als Brunnenbauer, bin ich auch ein Rutengänger. Solche Phänomene habe ich schon an einigen wenigen anderen Plätzen beobachten können. Ihr Ursprung lag bisher immer an besonderen unterirdischen Ursachen, denen ich mit meiner Wünschelrute auf die Spur kommen konnte."

„Ist so etwas irgendwie gefährlich? Auch wenn kein Blitzeinschlag droht."

„Ich habe noch nie gesehen, dass dieses Phänomen lange angehalten hätte. In der Regel ist es nach wenigen Tagen so unvermittelt wieder verschwunden, wie es gekommen ist. Worin die eigentliche Ursache dieser Entladungen liegt, konnte ich leider noch nicht feststellen. Diese Elmsfeuer waren immer schon wieder verschwunden, wenn ich der Sache mit meinen unterschiedlichen Ruten und Messgeräten auf den Grund gehen wollte."

„Das ist ja unglaublich spannend" entfuhr es Ute.

„Das stimmt, es ist ein unglaublich faszinierendes Phänomen." bestätigte er. „Haben Sie die Möglichkeit, mich nochmal in Ihre Cafeteria einzuladen? Vielleicht schon morgen? Dann könnte ich eine meiner Wünschelruten mitbringen und versuchen, der Angelegenheit weiter auf den Grund zu gehen."

Ute überlegte kurz: „Das dürfte eigentlich kein Problem sein. Wann wollen wir uns dort treffen?"

„Vielleicht gleich heute am späteren Nachmittag? Spätnachmittags schien es mir ziemlich ruhig in den Räumen zu sein und wir vermeiden irgendwelche Nachfragen von Ihren Kollegen, die ich eh noch nicht beantworten könnte. Auch die Gerüchteküche würde dann nicht bedient werden."

„Alles klar, bitte melden Sie sich unten bei unserem Empfang an und fragen nach mir. Ich werde Sie dann dort abholen und mit nach oben in die Cafeteria nehmen"

Ute war sichtlich fasziniert von dem Gedanken, vielleicht die Lösung des Phänomens aus erster Hand mit zu erleben.

18

Die öffentliche Informationsveranstaltung des Vereins „Wir errichten St. Ansgarii neu e.V." war in der regionalen Presse schon seit einigen Wochen immer wieder beworben worden. Gut 150 Sitzplätze waren im großen Veranstaltungssaal des Hotel Hildmann vorbereitet worden. Sie füllten sich anfangs jedoch nur schleppend.

David steuerte mit Julia eine der hinteren Ecken des Raumes an.

„Dieser hintere Bereich hat den Vorteil, dass man nicht nur dem Vortrag folgen kann," erläuterte David, „man kann sich sehr gut die Reaktionen der Zuschauer während der Veranstaltung anschauen. Aus einer möglichen Gruppendynamik kann man manchmal vieles ablesen."

Julia grinste: „Das kommt doch wohl eher deiner Altersweitsicht entgegen."

David hob wieder verächtlich eine Augenbraue, konzentrierte sich dann aber wieder weiter auf die nun in größerer Zahl eintreffenden Menschen. Nur wenige jüngere Menschen fanden sich hier ein, dagegen eher viele, die erkennbar das Rentenalter erreicht hatten. Darunter sicherlich auch so einige, die die alte St. Ansgarii Kirche noch mit eigenen Augen gesehen hatten.

„Viel Bildungsbürgertum hier." bemerkte Julia trocken.

„Mit Blick auf das Ziel, möglichst viele Spenden zu sammeln, nicht die schlechteste Personengruppe, die man sich für eine solche Versammlung wünschen kann."

Wenige Minuten vor dem offiziellen Beginn der Veranstaltung, war der Saal tatsächlich nahezu vollständig gefüllt, einige Besucher standen in Ermangelung freier Sitzplätze bereits an den Seitenwänden des Raumes.

Die Beleuchtung des Saales wurde etwas heruntergefahren, so dass der Vortragstitel der Veranstaltung über einen Beamer auf der bereitgestellten Leinwand gut zu sehen war.

Am Rednerpult vor den Stuhlreihen stand jetzt ein Mann mittleren Alters. Er hatte eine Glatze und trug eine auffallende Brille mit rotem Gestell. Sein wacher Blick hatte etwas fesselndes. Die leichten Falten in seinem Gesicht, schienen eindeutig mehr von einem fröhlichen Gemüht, als von unbändigen Sorgen her zu rühren.

„Guten Tag, meine sehr verehrten Damen und Herren. Ich freue mich sehr, dass Sie so zahlreich zu unserer heutigen Informationsveranstaltung gekommen sind. Mein Name ist Ronald Hilbers, ich bin Vorstandsvorsitzender des Vereins „Wir erreichten St. Ansgarii neu e.V.". Ich möchte Ihnen heute erzählen, warum die Mitglieder unseres Vereins eine Kirche neu erbauen wollen, die bereits so viele Jahrzehnte aus dem Stadtbild verschwunden war. Warum wir die Innenstadt Bremens verändern, ja, sie wieder ihrem alten Glanz zuführen wollen."

Freundlicher Applaus aus den Reihen der Zuschauer.

„Im Anschluss zu meinem Vortrag haben Sie Gelegenheit Fragen zu stellen. Gerne nehmen wir auch Spenden entgegen." er deutete auf eine bereitstehende Spendendose. „Wobei wir als gemeinnütziger Verein auch berechtigt sind, bei größeren Spenden eine Steuerbescheinigung auszustellen."

David blickte sich um, und sah viele hochinteressierte Gesichter.

Ronald Hilbers sprach über die einzelnen Folien der Präsentation mit einem ruhigen Tonfall, der jedoch erkennen ließ, dass ihn sein Vortragsthema sehr bewegte: „Bringen wir uns einmal vor Augen, was hier der Bevölkerung verloren ging, ein historisches Gebäude, das mit dem Turm die Krone der historischen Stadtsilhouette Bremens war. Ein Haus, in dem über 700 Jahre Gottesdienst gehalten wurde und von dem, durch Heinrich von Zütphen 1522 die Reformation in Bremen ausgegangen war. Gewiss hat der Einsturz des Turmes große Teile des Bauwerkes im Krieg zerstört, aber nach 1945 standen noch beträchtliche Teile der Mauern. Das ist vielen heute wahrscheinlich gar nicht mehr bewusst."

Er blickte seinen Zuschauern fest in die Augen: „Es hätte sich ebenso ein Wiederaufbau der Kirche gelohnt, wie vielleicht auch der Abriss. Aber selbst die Bremische Evangelische Kirche arbeitete gegen die Wiedererrichtung und entweihte damit die über Jahrhunderte unter den Mauern des Gotteshauses angelegten Gräber Bremer Würdenträger. Mit viel Gewalt mussten sich die Steinmetze ihren Weg durch das alte Mauerwerk arbeiten. Ja, die Ruinen selbst waren noch so fest, dass an einem Sontag heimlich eine Sprengung vorgenommen wurde, für die im Nachhinein niemand die Verantwortung übernehmen wollte. Schauen Sie hier auf diesen alten Zeitungsartikel."

Im gesamten Raum war die Frustration und das Unverständnis der Anwesenden über den Abriss der Kirche fast mit der Hand zu greifen. Der Vortrag von Herr Hilbers wurde durch zahlreiche, teils aufwändig nachcolorierte zeitgenössische Fotos unterlegt. Manchmal ging ein missfälliges Raunen durch den Saal, manchmal erhielt er spontanen Applaus.

„Das ist genau unser Mann" raunte David leise zu Julia, „er sprudelt ja nur so vor Wissen um die Kirche und einen möglichen Wiederaufbau. Ein oder zwei Teile der Artikelserie können wir alleine mit Interviews von ihm füllen."

Julia nickte: „Ja, aber schau mal zu dem alten Herrn dort vorne rechts. Er fiel mir vorhin auf, weil er kein einziges Mal mit applaudiert hat. Er saß nur wie versteinert da. Manchmal schüttelte er leicht seinen Kopf. Er scheint von dem Inhalt des Vortrags nicht besonders überzeugt zu sein. Damit fällt er hier ziemlich auf."

„Vielleicht, können wir nach dem Vortrag auch mit ihm sprechen. Immerhin, wollen wir ja auch gegebenenfalls vorhandene Gegenstimmen einfangen. Wenn wir sie gleich hier finden, umso einfacher und besser." überlegte David.

Sie folgten weiter dem Vortrag und beobachteten auch weiter die Menschen im Saal. Herr Hilbers schloss seine Ausführungen mit einer sehr aufwändig gestalteten Computeranimation. Sie zeigte die wiederhergestellte St. Ansgarii Kirche, wie sie innerhalb der heutigen Umgebungsbebauung aussehen würde. Der Blick führte zunächst von der Obernstraße auf das Kirchengebäude. Es war so professionell gemacht, dass man meinen konnte, man bräuchte nur hinaus zu gehen und sich die Kirche im Original anzuschauen. Sie passte sich völlig natürlich in das Umfeld ein und auch als die Blickrichtung wechselte und von Oben erfolgte, sah alles so aus, als hätte sich nie etwas geändert.

Die Zuschauer sogen dieses Bildmaterial quasi in sich auf. Die leise Musikunterlegung mit war kraftvoll aber unaufdringlich, so dass sie die Macht der Bilder in den Köpfen der Zuschauer noch verstärkte. Herr Hilbers wusste genau was er tat oder er hatte zumindest einen ausgezeichneten Marketingdienstleister für seinen Verein gefunden.

„Lassen Sie mich zum Schluss aus einem Brief „Wider den Abbruch von St. Ansgarii" zitieren, der am 9. Juli 1958 von der Vereinigung für Städtebau, dem Verein für Niedersächsisches Volkstum, dem Verband bremischer Bürgervereine, der Historischen Gesellschaft, der Bremischen Gesellschaft „Lüder von Bentheim" und der Aufbaugemeinschaft Bremen veröffentlicht wurde:

„Unsere bremische Baugeschichte dokumentiert gewissermaßen unsere Herkunft. Sie eröffnet Blicke und Einsichten in das wesenhafte Antlitz unserer Stadt, die unser heutiges Handeln bestätigen können, ihm Kraft und Richtung geben. Geht diese Wirkung nur aus von Roland, Rathaus und Schütting? Insofern ist der Blick auf die Leistungen unserer Väter etwas höchst Fruchtbares und Lebendiges. Ein sinnvoll bewahrtes Bauwerk des alten Bremen bedeutet einen Zuwachs, sein Abbruch einen Verlust für unsere Stadt!"

Die Zuschauer dankten für den mitreißenden Vortrag mit tosendem Applaus. Wenn zuvor vielleicht nur leichte Neugier zu dem Projekt eines möglichen Wiederaufbaues von St. Ansgarii bestand, so waren die Teilnehmer der Veranstaltung jetzt vollständig überzeugte Befürworter des Wiederaufbauprojektes.

Bis auf einen älteren Herrn, er war als einziger auf seinem Stuhl sitzengeblieben und schüttelte leicht seinen nach unten geneigten Kopf.

19

Kevin saß alleine im Wohnzimmer seiner WG im Stadtteil Walle. Ihm gingen die Geschehnisse in der Küche, aber auch mit seiner Armbanduhr nicht aus dem Kopf.

Er wartete auf seinen Mitbewohner Ralf, er studierte an der gleichen Uni wie Kevin Biologie und konnte ihm vielleicht bei der Lösung des Rätsels helfen. Was war verantwortlich für die Geschehnisse dort in der Nische der Gaststättenküche?

Nach gut einer halben Stunde öffnete sich die Wohnungstür. Ralf kam mit einem Sechserträger Bier in der einen und einer vollen Einkaufstüte in der anderen Hand herein. Sie verstauten gemeinsam den Einkauf im Kühlschrank, setzten sich dann an den Wohnzimmertisch und machten sich über das Sixpack Bier her.

„Heute in der Küche der Stadtschänke ist etwas krass seltsames passiert." begann Kevin zu erzählen „Beim Reintragen der Gemüselieferung, habe ich eine Kiste mit Champignons in eine leere Ecke der Küche gestellt. Als ich sie später am Tag dort wegräumen sollte, waren die Pilze nicht mehr wirklich gut. So als ob sie im Zeitraffer gealtert und angegammelt waren. Total bizarr. Und dann macht mich der Chef noch an, dass ich dort in die Ecke doch keine Sachen stellen soll. Der alte Sklaventreiber."

„Studentische Aushilfe zu sein ist tatsächlich die moderne Sklaverei" bemerkte Ralf „Das sind alles die Errungenschaften unseres bourgeoisen Kapitalismus.

Solche Ausbeuter werden wir als erste an die Wand stellen."

„Wenn wir die sozialpolitische Komponente mal einfach außer Acht lassen und uns auf das völlig unpolitische Gemüse konzentrieren. Was kann damit passiert sein?" versuchte Kevin den Gesprächsfaden wieder in Richtung seiner eigentlichen Frage zu lenken. Ralf war politisch aktiver, als bei seinen eigentlichen Biologiestudien. Man wusste nie, ob er wirklich radikal oder nur zynisch war.

Ralf überlegte: „So, wie du es erzählst, klingt es für mich zunächst nach einem beschleunigten Reifeprozess. Einem verdammt schnellen Reifeprozess mit bereits beginnender Zersetzung. Das sagt mir als alleine betrachtetes Phänomen erstmal nicht so viel. War das Gemüse oder die Pilze tatsächlich okay, als du es dort abgestellt hast?"

„Ja, ich habe doch alles selbst aus dem Kühltransporter genommen. Da sah es noch absolut frisch aus."

„Als erstes würde mir eine zu hohe Luftfeuchtigkeit und Wärme einfallen. Beides begünstigt zum Beispiel Schimmelbildung und auch einen beginnenden Zersetzungsprozess. Durch die vielen Dämpfe beim Kochen dürfte die Luftfeuchtigkeit vor Ort ja immer ziemlich hoch sein. Auch die Wärme der Kochstellen beeinflusst das Raumklima."

Kevin überlegte und ging im Geiste durch die Küchenräumlichkeiten: „Davon waren die anderen Gemüsekisten ja auch betroffen. Allerdings nicht so lange. Das wäre vielleicht wirklich ein Ansatz. Wobei die hohe Geschwindigkeit erklärt sich für mich dadurch nicht wirklich. Außerdem scheint es ein auf diese Ecke, also nur lokal begrenztes Phänomen zu sein. Der Sklaventreiber sagte mir, dass ich in diese Ecke grundsätzlich nichts stellen soll. Es muss also allen Kollegen in der Küche bekannt sein."

„Das stimmt, die klimatischen Umstände alleine erklären es nicht. Vielleicht begünstigen sie den Alterungs- oder Reifungsvorgang, aber erklärt ist der Vorgang damit nicht." grübelte Ralf.

„Wie wäre es mit irgendeiner Form von Strahlung?"

„Was soll in so einer verdammten Küchennische denn für Strahlung auftreten? Kurze radioaktive Strahlungsduschen nutzt man in manchen Ländern um Lebensmittel haltbarer zu machen. Das glaube ich daher eher nicht." erwiderte Ralf.

Beide nuckelten nachdenklich an ihren Bierflaschen und schauten zum Fernseher, wo gerade eine alte Folge Quincy lief. Ralf ging zum Kühlschrank um sich dort einen kleinen Eisbecher aus dem Tiefkühlfach zu nehmen. Nachdem er die Kühlschranktür geöffnet hatte und einen Blick auf die beiden ziemlich leeren unteren Gemüsefächer geworfen hatte, entfuhr es ihm völlig unvermittelt: „Gas!".

Kevin schreckte auf: „Stimmt, da bin ich schuld. Ich muss den Tilsiter in eine Plastikdose tun. Der Kühlschrank riecht wirklich etwas aufdringlich. Tilsiter ist absolut tödlich."

„Nein, ich meinte Ethylen Gas. Das wird insbesondere bei importiertem Obst zur schnelleren Reifung eingesetzt." rief Ralf. „Ethylen ist eigentlich ein natürliches Gas, das Pflanzen bei der Reifung selbst freisetzen. Deswegen sollte man auch niemals Äpfel zu anderem Obst, wie etwa Bananen legen. Die Äpfel sondern Ethylen Gas ab und lassen viele andere Obstsorten dadurch deutlich schneller reifen."

„Das klingt ja schon mal nach einem interessanten Ansatz, aber woher sollen so große Mengen Ethylen Gas kommen, das eine komplette Gemüsekiste massiv altert?" überlegte Kevin.

„Das Gas wird in großen Gasflaschen verkauft. Insbesondere Bananenimporteure benötigen es in größeren Mengen. Bananen werden ja noch grün geerntet und grün verschifft. Wenn sie dann verkauft werden sollen, werden sie in speziellen Räumen mit Ethylen begast und reifen innerhalb sehr kurzer Frist nach. Erst dann werden sie in die Supermärkte geliefert."

„Das kann es sein. Sowas klingt doch ziemlich genau nach dem Phänomen, das ich in der Küchennische gesehen habe."

„Nur woher soll in der Küche der Stadtschänke das Ethylen Gas kommen? Das wird dort doch gar nicht benötigt." überlegte Ralf.

„Vielleicht kann man erstmal prüfen, ob es sich tatsächlich um Ethylen handelt. Gibt es dafür so eine Art Gasprüfgerät? Habt Ihr nicht so etwas an der Uni bei euren Biologievorlesungen?"

„Das können wir doch erstmal auch viel einfacher prüfen. Du nimmst einfach morgen Nachmittag einen Pfirsich oder sowas in einer luftdichten Plastikdose mit und stellst sie in die Nische. Wenn es tatsächlich Ethylen Gas ist, dürfte der Pfirsich in der Dose ja keine erkennbare Reifeänderung aufweisen."

„Geniale Idee, Alter. Es fällt auch niemandem auf, wenn ich meine Frühstücksdose dort in die Ecke stelle.

Gleich morgen früh hole ich auf dem Weg zur Arbeit einen Pfirsich." freute sich Kevin.

Ralf überlegte noch: "Ethylen Gas ist hochentzündlich. Bei zu hoher Konzentration im Raum fliegt euch die ganze Küche um die Ohren. Ich bin mir nicht sicher, ob ich hoffen würde, dass das die Lösung des Rätsels ist."

20

Nachdem Ronald Hilbers seinen Vortrag unter anhaltendem Applaus beendet hatte, gingen tatsächlich nur sehr wenige der Besucher aus dem Vortragsraum. Es begannen vielmehr zahlreiche Diskussionen in unterschiedlichsten kleinen Gruppen. David und Julia hatten Mühe, sich nach vorne zum Redner durch zu arbeiten.

Julia versuchte zudem in dem Gedränge um sie herum den älteren, kopfschüttelnden Herren wiederzufinden, aber er war wie vom Erdboden verschluck. Obwohl er doch eigentlich nur einige wenige Reihen vor ihnen gesessen hatte, war nicht von ihm zu sehen. Gerne hätte sie auch mit ihm kurz gesprochen.

Als sie Herrn Hilbers neben dem Rednerpult erreicht hatten, sprach dieser offensichtlich mit einer Kollegin der örtlichen Presse. Ein Fotograf bemühte sich sichtlich, eine möglichst ausgefallene Perspektive für seine Bilder vom Redner zu erhalten.

David stellte sich ein wenig an die Seite und versuchte, dem Interview zu lauschen. Die allgemeinen Diskussionen und ziemlich lautstark geführten Gespräche unterbanden jedoch jede Möglichkeit irgendetwas sinnvolles zu verstehen.

Julia drängelte sich inzwischen zu einem jüngeren Mann, der während des Vortrags den Beamer bedient hatte. David sah nur, wie sie ihn strahlend anlächelte und fröhlich auf ihn einredete. Mit diesem Lächeln konnte sie einfach alles erreichen. Ein paar Minuten später war sie wieder bei David.

„Ich habe mir eben die komplette Präsentationsdatei geben lassen. Die Grafiken dürfen wir kostenfrei für unsere Artikel nutzen." strahlte sie David an.

„Ausgezeichnet, das erspart uns mehrere Tage Bilderrecherche und Einkauf von Bildrechten." David blickte immer wieder zu Herrn Hilbers und der Lokalreporterin. Deren Gespräch schien jetzt in eine finale Phase zu treten. Sie hatte ihr Mobiltelefon, mit dem sie das Gespräch aufgezeichnet hatte, bereits wieder in ihrer Tasche verschwinden lassen und lachte jetzt gelöst über einen offensichtlichen Scherz von Herrn Hilbers.

David trat jetzt sehr auffällig etwas näher an die beiden heran. Die Reporterkollegin erkannte sofort den versteckten Hinweis und verabschiedete sich von Ihrem Gesprächspartner.

„Wie man sieht, sind Sie heute ein gefragter Mann, Herr Hilbers." lächelnd trat David auf ihn zu und reichte ihm die Hand entgegen.

„Genau das wollte ich erreichen. Wie es scheint, ist es mir ganz gut geglückt." freute sich Ronald Hilbers. „Sie müssen David Shriner sein. Der Reporter aus den USA?"

„Was hat mich verraten?"

„Ehrlicherweise hat Nick Kirstein vom New York Mirror Sie bereits telefonisch bei mir avisiert. Da musste ich nur noch, nehmen Sie es mir nicht übel, Ihren leichten Akzent deuten. Also, wirklich kein Hexenwerk."

David lachte: „Nick hält nichts davon, einen Spannungsbogen hoch zu halten und prescht gerne mal etwas vor."

„Er hat mir das gesamte Projekt der St. Ansgarii Artikelserie erläutert. Damit rennen Sie bei mir natürlich gleich offene Türen ein." sprudelte es aus Herrn Hilbers heraus. „Mit diesen Artikel in einer so bekannten amerikanischen Zeitung, unterstützen Sie unseren Verein gleich auf zwei Wegen. Wir bekommen eine um so viel größere Öffentlichkeit für unser Anliegen und wenn am Ende alles gut geht, bekommen wir auch noch reichlich Spenden für den Wiederaufbau unserer Kirche."

„Da sind Sie ja bereits umfassend informiert worden und ich brauche Ihnen eigentlich gar nichts mehr zu erzählen." freute sich David. „Ich würde gerne mindestens zwei Artikel der Serie mit Interviews von Ihnen befüllen. So nach meinen bisherigen Planungen. Sie sind ein wirklich mitreißender Redner, ich werde versuchen, genau diesen Geist und diese Motivation auch in meinen Artikeln für meine amerikanischen Leser spürbar werden zu lassen."

„Wann werden Sie denn mit der Veröffentlichung der Serie beginnen können? Die öffentliche Unterstützung hier in Bremen ist, ehrlich gesagt, noch ziemlich verhalten. Da könnte eine unerwartete Sympathiewelle aus Übersee die notwendige kritische Masse der Aufbaubefürworter schneller erreichen lassen."

„Ich denke, in gut drei Tagen haben Frau Mindermann und ich die ersten Artikel soweit fertig, dass wir sie nach New York an die Zeitung übermitteln können und die Serie kann beginnen. Nick hat sie bereits fest eingeplant. Es war ja auch letztlich seine Idee, eine solche Serie zu schreiben."

„Und Ihre Artikel sollen tatsächlich auch in einem großen Spendenaufruf zum Wiederaufbau der Kirche enden?"

„So ist momentan der Plan von Nick Kirstein und mir. Wobei bis dahin klar sein muss, dass ein Wiederaufbau der Kirche tatsächlich realistisch ist. Wollen die Menschen in Bremen ihn? Lässt sich so ein gewaltiges Projekt wirklich sicher finanzieren?"

Ronald Hilbers wurde kaum merklich unsicher: „Wir sind momentan weder mit dem derzeitigen Grundstückseigentümer, noch mit der Stadtgemeinde Bremen in konkreten oder gar abschließenden Verhandlungen. Es gibt ehrlich gesagt auch noch so einiges an Widerständen oder besser Unwissen in der Stadt. Wenn wir aber genügend finanzielle Mittel für den Erwerb des Grundstücks zusammenbekommen könnten, wären wir einen ganz großen Schritt weiter. Dann hätten wir einen Trumpf in der Hand, mit dem man etwas bewegen könnte. Hierbei kämen dann Sie ins Spiel."

David überlegte kurz: „Amerikanische Spender werden sicherlich für das Kirchengebäude Gelder aufbringen, allerdings nur alleine für das Grundstück, wäre es zu abstrakt. Das müssen wir anders verkaufen. Ich denke, ab einem bestimmten Punkt wird das Projekt so groß, dass es zu Selbstläufer wird und der Wiederaufbau nicht mehr zu stoppen ist. Spätestens dann ist auch die lokale Politik zum Mitmachen gezwungen."

„Ich sehe, Sie haben bereits dieselben Visionen wie ich."

„Die Idee vom Wiederaufbau eines derartig stadtprägenden Gebäudes, mit Hilfe deutschstämmiger

Amerikaner ist sehr faszinierend und wurde in dieser Form, soweit ich weiß, noch nie probiert. Wenn etwas noch nicht probiert wurde, sehen wir Amerikaner so etwas als eine Chance."

„Wie kann ich Sie bei Ihrem Vorhaben unterstützen, Herr Shriner? Sie sind momentan der beste Plan für eine Umsetzung des Wiederaufbaus. Somit sind Sie gerade mein bester Freund geworden."

David nickte dankbar und überlegte kurz: „Wir sollten uns morgen erstmal in Ruhe treffen und ein längeres Interview führen. Aus dem kann ich dann mindestens zwei Artikel der Serie herausarbeiten. Ein ruhiger Ort wäre dafür sinnvoll."

„Das Büro unseres Vereins liegt nur zwei Straßen weiter, dort können wir in völliger Ruhe miteinander sprechen. Wie schaut es denn bei Ihnen morgen Nachmittag so gegen 15:00 Uhr aus?"

„Drei Uhr, das passt wunderbar, Frau Mindermann und ich werden pünktlich da sein. Sehr gut, dass es so kurzfristig klappt."

„Ungefähr dort, im mittleren Bereich der Zuhörer, habe ich vorhin einen alten Herren gesehen, der nicht einmal applaudierte und immer wieder den Kopf schüttelte. Haben Sie ihn auch gesehen? Kennen Sie ihn vielleicht sogar?" fragte Julia.

Herr Hilbers grübelte einen Moment und schaute über die vielen leeren Stühle des Raumes als hätte er alle Zuschauer vor seinem geistigen Auge: „Ich glaube, ich weiß wen Sie meinen. Der Herr besucht tatsächlich nahezu alle unsere Informationsveranstaltungen, scheint aber mit unseren Zielen nicht glücklich zu sein. Er hat sich allerdings die zu Wort gemeldet oder versucht mit einem von uns zu sprechen. Da er bei unseren Vorträgen und Informationsveranstaltungen nie offen agitiert, habe ich mich bisher nicht weiter mit ihm befasst. Mir ist klar, dass nicht alle Bremer Einwohner einem neuen Kirchenbau aufgeschlossen gegenüberstehen."

„Schade, er schien sehr genau zu wissen, wann er mit dem Kopf schüttelte und wann er genau zuhören musste. Ich hätte ihn gerne als eine mögliche Gegenstimme interviewt. Er machte einen eigenartigen Eindruck auf mich. Ich habe einen Blick für besondere Menschen."

21

Der alte Mann saß wie so oft schon zwischen eben den Menschen, die alles vernichten wollten, bevor es passieren konnte, worauf er so lange geduldig hingearbeitet hatte. Er hörte dem Redner hochkonzentriert zu, obwohl er die Inhalte mittlerweile fast auswendig kannte. Dieser Mann, der dort vorne sprach, hatte die Gabe, die Menschen mit seinen Worten zu fesseln und in seinem Sinne zu überzeugen. Wenn er noch mehr Öffentlichkeit für sein Vorhaben bekäme, würde die St. Ansgarii Kirche tatsächlich wieder aufgebaut. Nicht auszudenken. All die Jahrzehnte des Wartens.

Er hatte so unglaublich viel Zeit seines Lebens damit verbracht, sich auf den einen Tag vorzubereiten. Ja, und er spürte auch mehr und mehr die Last des Alters an seinem Körper nagen, ihm die Kraft nehmen. Die Zeit war jetzt reif und er musste einfach erleben, was in Kürze passieren würde.

Der beinahe schon frenetische Schlussapplaus für den Redner am Ende des Vortrags ekelte ihn mittlerweile fast an. Noch bevor die meisten Zuhörer aufgestanden waren, hatte er sich bereits in Richtung des Ausgangs begeben. Leise und völlig unauffällig.

Als er an der Straße vor dem Hotel stand, atmete er erstmal tief ein. Er spürte, dass er wieder die Kraft seines ganz privaten Ortes benötigte. Der Vortrag hatte ihn doch deutlich mehr aufgeregt und körperlich angegriffen als er es eigentlich zulassen wollte.

Er überquerte die Straße, trotz des umfangeichen Verkehrs, in Richtung der dort mittig liegenden

Straßenbahnhaltestelle. Nur eine Minute später bestieg er eine moderne Niederflurbahn, die in Richtung Innenstadt fuhr. Bereits zwei Haltestellen weiter, an der Domsheide verließ er die Bahn und ging zu seiner Zuflucht, wie er seinen Kraftort nannte.

Nach wenigen Minuten erreichte er eine kleine Seitenstraße und schloss die eher unscheinbare grau gestrichene Brandschutztür auf, die man leicht für den Lieferanteneingang oder einen Notausgang der im Nebengebäude beheimateten Gastronomie halten konnte. Nachdem er die Tür hinter sich wieder sorgfältig verschlossen hatte ging er eine schmale Treppe nach unten in die Kellerräume. Was sich hinter der dortigen ebenso unscheinbaren Tür verbarg, ahnte niemand dort draußen.

Der Raum, den er nun betrat, hatte eine gewölbte Decke aus roten Backsteinen, teilweise weiß getünchte, uneben verputzte, teilweise auch unverputzte Wände aus denselben Backsteinen wie die Deckenwölbung. Die Abmessungen waren nicht wirklich groß, vielleicht vier Meter breit und acht Meter lang. Beherrscht wurde er von einem uralten achteckigen Taufbecken in der Raummitte, während an einem Ende ein Altar mit aufgeschlagener Bibel und einem Kruzifix stand. Alles machte den Eindruck, als befände man sich in einer Krypta oder Kapelle, nicht aber direkt unter einem eher schmucklosen Nachkriegsgebäude.

Dieser Raum war seine Zuflucht und sein Kraftort. Was sich in diesem Raum befand wussten nur er und sein Sohn. Auch er selbst hatte von diesem Ort damals von seinem Vater erfahren, der ihn in alle Geheimnisse eingeweiht hatte. Ein historischer, über mehrere Generationen überlieferter Wissensschatz. Doch auch er selbst hatte viel um das geheime Wissen dieses Ortes in Erfahrung gebracht. Insbesondere auch zu dem, was seit vielen Jahren unter der Stadt passierte. Und genau das wurde jetzt von ein paar eifernden Holköpfen gefährdet. Warum hat man die Kirche nicht in Ruhe gelassen? Sie war abgerissen, abgetragen und mit jedem Stein aus dem Blickfeld der Öffentlichkeit verschwunden. Wer ist nach so vielen Jahrzehnten bloß auf die absolut krude Idee gekommen, das Gebäude an derselben Stelle wieder aufbauen zu wollen. Was für ein Irrsinn. Er war doch bereits so dicht vor seinem Ziel. Er würde es zu verhindern wissen. Er war das Werkzeug, das hierfür vorgesehen war und er würde seiner Vorsehung gerecht werden. Daran hatte er keinerlei Zweifel.

Sein Blick wanderte auf das hölzerne mittelalterliche Altarkreuz und verharrte dort hoffnungsvoll für einige Sekunden. War das vielleicht alles Gottes Wille, dass er diesen Auftrag ausführen musste? Oder wer steuerte diese Kräfte wirklich? Diese Frage war die letzte große Unbekannte in dem Spiel. Bereits seine Vorfahren hatten sie nicht beantworten können.

Der alte Mann kniete sich auf ein Podest vor dem Taufbecken, seinen schweren Atem konnte man fast für Gebet halten. Er griff nach einem bereitstehenden Glas und entnahm damit eine kleine Menge Wasser aus dem Taufbecken.

Drei Schluck nur, das reichte aus um sich wieder kräftiger zu fühlen. Es reichte aus, den Kampf gegen die

Wiederaufbauplanungen weiter zu führen. Er spürte mit jedem Schluck die Kraft, die ihn durchströmte. Er würde jetzt das Werk seiner Familie zu Ende führen. Er war dazu berufen.

22

Nachdem Julia und David sich von Herrn Hilbers verabschiedet hatten, machten sie sich zu Fuß wieder auf den Weg zurück in die Innenstadt.

„Was hältst du von einem Stück gedecktem Apfelkuchen?" fragte David beiläufig.

Julia grinste vielsagend: „Hast du schon mal echte Sachertorte probiert? Die machen sie im Café Knötel selbst. Das liegt ja quasi direkt auf unserem Weg."

„Dann lass uns jetzt zu Knötels gehen. Vielleicht bekommen wir ja hinterher noch einen Termin mit diesem alten Brunnenbauer, Adolf Drees hin. Wenn wir seinem Sohn glauben wollen, hat er bestimmt auch so einige interessante Informationen für uns. Nichts ist besser als ein Zeitzeuge."

Julia nickte zustimmend: „Nach der Infoveranstaltung eben, ist man doch derartig übermotiviert, dass man am liebsten gleich selbst eine Spitzhacke in die Hand nehmen möchte um den heutigen Bau abzureißen und den Wiederaufbau von St. Ansgarii zu forcieren."

„Da hast du recht. Immerhin hat es dieser Ronald Hilbers geschafft auch Nick Kirstein von seiner Mission zu überzeugen und sich Gedanken zu einer Artikelserie zu machen. Das gelingt nach meiner Erfahrung nicht jedem. Aber ich gebe auch gerne zu, dass ich den Wiederaufbau einer so alten Kirche ganz hervorragend finde. Die Innenstädte sind fast überall sowieso gerade einem massiven Wandel unterworfen, da wäre ein solches Bauprojekt doch auch eine einmalige Chance Touristen in die Stadt zu locken. Man könnte hier etwas völlig Neues ausprobieren. Wo hat man heutzutage schon die Möglichkeit, den Neubau einer mittelalterlichen Kirche quasi live Schritt für Schritt zu verfolgen."

Julia überlegte: „Was mir in dem Vortrag von Herrn Hilbers noch irgendwie fehlte, war ein schlüssiges Nutzungskonzept der wiedererrichteten Kirche. Die St. Ansgarii Kirchengemeinde hat ja ganz offensichtlich keinerlei Interesse an dem Bau und eine Kirche bauen, nur um der Kirche wegen, ist ja auch irgendwie Blödsinn."

„Ich denke, da kann uns Herr Hilbers morgen sicherlich noch mehr zu sagen. So ein Nutzungskonzept ist möglichen Spendern heutzutage auch sehr wichtig. Wir sind nicht mehr im Mittelalter, wo jeder wie selbstverständlich für sein Seelenheil eine Spende getätigt hätte." David überlegte kurz: „Mir fallen da sofort einige Dinge ein, die man mit einem solchen Kirchengebäude anfangen kann. Derartige Räume sind mittlerweile in diesen 1A Lagen ausgesprochen rar geworden."

Sie erreichten das Café Knötel und bestellten am Tresen im Eingangsbereich ihren Kuchen. Während David doch seinen gedeckten Apfelkuchen auswählte, nahm Julia lächelnd ein Stück Sachertorte und einen Berliner mit Guss.

An einem kleinen ruhigen Tisch in einem der hinteren Bereiche, fanden sie schnell einen Platz und führten ihre Überlegungen fort.

„Stell dir mal vor, was für faszinierende Konzerte man in so einem Raum geben könnte. Was für eine wahnsinnige Akustik hat ein Kirchenschiff. Oder

Theaterstücke, die in so einem mittelalterlichen Rahmen spielen. " sinnierte Julia.

„Auch für Kunstausstellungen wäre es ein sehr ausgefallener Raum. Moderne Kunst an alten Mauern. Wir Amerikaner lieben solche Orte sehr, christlich und zugleich unglaublich alt."

Julia nickte, man sah ihr förmlich an, wie es in ihrem Kopf arbeitete. Die Möglichkeiten einer sinnvollen Raumnutzung waren tatsächlich vielfältig.

„Ich wiederhole mich vielleicht, aber ein Gespräch diesem Adolf Drees ist wirklich wichtig. Dann haben wir heute noch einen Zeitzeugen und zugleich Vertreter der Wiederaufbaugegner gesprochen. Morgen nach dem persönlichen Interview mit dem Herrn Hilbers vom Wiederaufbauverein dürften wir fast fertig mit der Recherche sein." plante David.

„Ich frage mal eben, ob wir uns heute noch treffen können." Julia tippte die Nummer vom Brunnenbau Drees in ihr Mobiltelefon. „Hallo Frau Baukloh" Julia konnte ihr Lachen bewundernswert unterdrücken. „Ist Ihr Großvater jetzt greifbar? Wir sind heute Nachmittag noch nicht verplant und wenn ich Ihren Vater richtig verstanden hatte, lohnt es sich, mit Ihrem Großvater zu sprechen. Ah, ach so. Ich rufe dann in einer guten Stunde wieder an. Bis dann. Tschüss." Julia legt das Telefon wieder beiseite.

„Seine Enkelin meint, er ist gerade nicht da. Sie vermutet er sei turnusmäßig zum Arzt gegangen und vielleicht in einer guten Stunde wieder greifbar. Dann können wir jetzt erstmal in Ruhe weiter unseren Kaffee trinken." Julia winkte eine Bedienung herbei und bestellte zwei Kännchen Kaffee.

„Ich bin wirklich gespannt, was dieser Adolf Drees von damals alles erzählen kann. So alte Augenzeugen aus den 1950ern sind immer spannend. Hoffentlich ist er geistig wirklich noch so auf der Höhe, wie sein Sohn gesagt hat. Insbesondere auch weil die Gegner des Wiederaufbaus bereits in der Vergangenheit nur ausgesprochen wenig in der Öffentlichkeit aufgetaucht sind. Entweder agierten sie schon immer lieber aus dem Hintergrund heraus, oder die andere Seite hatte schon damals eine deutlich bessere Medienarbeit." überlegte David.

„Aber genützt hat es ihnen nicht, die Kirchenreste wurden trotzdem abgerissen. Wie so vieles, was in der Stadt noch stand oder eigentlich noch zu retten war. Das imposante Gebäude vom Norddeutschen Lloyd oder auch die Neue Börse am Marktplatz wurden ebenso stumpf entfernt, wie St. Ansgarii. Der Denkmalschutz wurde in Bremen zu der Zeit, sagen wir mal, sehr flexibel ausgelegt."

„Schade, dass ich die Autorin dieser von der Privatbank Heel & Müller herausgegebenen Publikation nicht schon ausfindig machen konnte. Sie hatte in ihrem Aufsatz einen sehr interessanten Ansatz dargelegt, der sich auf die Verortungen der einzelnen Kirchen in der Innenstadt bezog. Aber ich konnte bisher leider keine Kontaktdaten ausfindig machen."

„Der große alte Mann der klassischen investigativen Recherche kommt an seine Grenzen. Das ist ja kaum zu glauben."

David beschloss, dieses Konfrontationsangebot nicht anzunehmen.

Die beiden Kaffeekännchen und der vorhin am Tresen bestellte Kuchen wurde serviert. Julia und David genossen es, jeweils die richtige Wahl getroffen zu haben und kauten etwas gedankenversunken vor sich hin.

„Vor vielen hundert Jahren haben Menschen sehr viel Geld, Zeit und Arbeit in einen Kirchenneubau gesteckt. Und das für Bauarbeiten, die sich über mehrere Generationen hinzogen, deren Fertigstellung man wahrscheinlich selbst nicht mehr erleben würde. Das hatte doch Gründe. Sind alle diese Gründe heute einfach entfallen, oder erinnern wir uns nur nicht mehr an sie? Ist die Welt einfach zu kurzlebig geworden, um Generationenwerke überhaupt noch erfassen zu können?" philosophierte David in den Raum hinein.

„Natürlich hat sich besonders die Sichtweise der Menschen auf die Kirche als Institution und Religion im Laufe dieser Zeit grundlegend und nachhaltig verändert. Schau dir doch nur an einem ganz normalen Sonntag die leeren Kirchen an. Ich meine jetzt nicht zu Feiertagen, wie Weihnachten oder Ostern. Aber sonst? Ich weiß zwar nicht, wie es im Alltag in den USA ist, aber bei uns hier in Deutschland verlieren die Kirchen massiv an Mitgliedern. Jahr für Jahr. So alte Kirchenbauten werden inzwischen eher als regionalhistorisches Monument gesehen, viel weniger als Ort des Gebetes und der Einkehr. Hauptsache man kann einen Turm besteigen und hat einen weiten ungetrübten Blick über die Stadt."

„Ich glaube, als nichts anderes darf man heute den Wiederaufbau von St. Ansgarii betrachten. Da die

Kirche ja schon direkt nach dem Krieg keinerlei Interesse mehr an dem eigentlich in ihrem Eigentum stehenden Bau hatte, wird ein möglicher Neubau nur als historischer Ankerpunkt dienen können. Eine Wiederherstellung des historisch gewachsenen Stadtbildes. Ein profaner Raum in einem christlichen Gewand."

Nachdem sie ihr Backwerk bei immer weiteren tiefschürfenden Überlegungen und Gedankenspielen aufgegessen hatten und auch die Kaffeekännchen geleert waren, bezahlte David und sie verließen das Café Knötel.

„Ich denke, es ist das Beste, wir gehen jetzt zum Parkhaus. Wenn wir dort sind ist auch ungefähr die Stunde um, in der der alte Drees wieder erreichbar sein sollte. Oder wolltest du noch woanders hin?" David schaute Julia fragend an.

„Nö, ich wüsste jetzt nicht, was in der Kürze der Zeit sinnvoll zu erledigen wäre. Lass uns zu deinem Wagen gehen."

Sie machten sich auf den Weg und erreichten nach guten 10 Minuten das Parkhaus und setzten sich in den Wagen.

„So, kannst du bitte nochmal versuchen, ob wir mit dem Senior Brunnenbauer sprechen könnten?" David schaute zu Julia. Die tippte bereits auf die Wahlwiederholung ihres Telefons.

„Hallo Frau Baukloh, hier ist nochmal Julia Mindermann. Wäre Ihr Großvater vielleicht jetzt zu sprechen? Ah, das ist wunderbar. Vielen Dank." Julia blickte zu David: „Er ist jetzt tatsächlich wieder daheim.

Sie holt ihn jetzt ans Telefon. Entweder machen wir gleich ein Telefoninterview, oder ich kann ihn zu einem Treffen überreden. Drück mal die Daumen."

23

Max hatte tatsächlich einen Bekannten, der über ein spezielles Gerät verfügte, mit dem Infraschall auch für Laien ganz einfach zu messen war. Der Bekannte studierte an der Bremer Universität Physikalische Technik und war privat mit einer schier beängstigenden Menge technischer Gerätschaften und Messgeräten ausgestattet. Von den meisten hatten weder Max noch Friederike bisher je etwas gehört, noch hatten sie eine Ahnung, wozu man sie benötigte.

Max durfte sich, nach kurzer Überredung durch Übergabe eines Sechserträgers Bier, das Schallpegelmessgerät einen Tag lang ausleihen. Natürlich nicht, ohne zuvor einen Wortschwall zur Handhabung und zum vorsichtigem Umgang über sich ergehen lassen zu müssen.

Das Gerät aus knallgelbem Kunststoff, war ungefähr so groß wie ein älteres Mobiltelefon, hatte ein großes graues Flüssigkristalldisplay und ein nach oben abstehendes, schaumstoffummanteltes Mikrofon, das wie eine kleine gnubbelige Antenne aussah.

Friederike traf sich mit Max wieder in der kleinen Teeküche des zweiten Stocks der Stadtbibliothek. Beide machten sich nochmals mit der Funktionsweise des Messgerätes vertraut, während sie sich als Mittagessen je einen Becher japanische Instantnudeln mit kochendem Wasser aufgossen.

„Das ist ja eigentlich ganz einfach" erkannte Friederike schnell, „Hier oben unter dem Display kann man einstellen, ob Lautstärke oder Frequenz gemessen werden soll. Mehr als die Frequenz benötigen wir ja eigentlich nicht."

Max nickte: „Das Gerät ist so schön klein, da fallen wir auch nicht weiter auf, wenn wir in der Etage Messungen vornehmen. Obwohl, wenn man uns dort sieht, denken die meisten eh nur, dass wir mit dem Telefon herumspielen."

Friederike trieb den Anzeigewert des Gerätes probehalber durch eigene Stimmmodulation in schier ungeahnte Höhen.

Max hielt sich die Ohren zu: „Noch ein paar Notenwerte höher und ich bekomme gleich einen Hörsturz."

„So ein Teil muss ich unbedingt auch haben. Das ist ja Gold wert für die Übungen zu meinem Gesangsunterricht. Meinst du, dein Kumpel braucht das Ding wirklich schon morgen wieder zurück?"

„Allein schon zur Hörsturzprävention in der Teeküche werde ich das gute Stück natürlich ehestens an ihn zurückgeben."

„Na denn mal los." Friederike hatte ihren Nudelbecher trotz Stimmmodulationsübungen als erste aufgegessen und ging bereits zur Tür.

Als sie sich langsam der Raummitte des Lesesaals in der Sachbuchabteilung näherten, schaltete Max das Messgerät ein und stellten die Anzeige auf Frequenzanzeige.

Gebannt schauten beide auf das Display und gingen vorsichtig weiter und weiter in Richtung hin zur Raummitte.

Fast gleichzeitig fühlten sie, wie dieses unbeschreibliche Angstgefühl wieder unaufhörlich stärker werdend in ihnen aufstieg. Den inneren Fluchtreflex mühsam ignorierend, drehten sie das Gerät in der Mitte des Raumes prüfend in alle Himmelsrichtungen.

Das Display zeigte immer kleinere Zahlen an und blieb dann bei einer Frequenz von ungefähr 12 Hertz stehen. In jeder Richtung erhielten sie dasselbe Messergebnis. Dann schaltete Max um auf Messung der Lautstärke. Die Messanzeige schnellte sofort auf über 100 Dezibel.

Zügig verließen sie gleich wieder den betroffenen Bereich und nahmen in einer am Rand befindlichen Sitzgruppe Platz. Wenn man wusste, dass Ängste kommen, konnte man sie teilweise durch rationale Überlegungen leichter aushalten. Die Ängste verminderten wie erwartet bereits mit Verlassen des mittigen Bereiches.

„Du hattest recht." Max schaute zu Friederike „An dieser Stelle gibt es einen heftigen Infraschall. Und das mit einer unglaublichen Lautstärke"

„Bei den angezeigten 12 Hertz ist die Frequenz deutlich unterhalb der normalen menschlichen Wahrnehmungsschwelle. Das erklärt zunächst mal, warum man sonst nichts merkt, wenn man sich in dem Bereich hier bewegt." stellte Friederike möglichst sachlich fest. „Aber die eigentliche Frage ist ja, aus welcher Quelle kommt so lauter Infraschall ausschließlich in diesen Raum?"

„Wir haben das Messgerät in jede Himmelsrichtung gehalten. Ich habe daraus keine Richtung oder besser keine Quelle ablesen können, aus der der Schall kommen könnte."

„Genau, wir haben es oben und unten nicht ausprobiert." Friederike griff sich das Gerät und ging direkt in die Raummitte. Alle aufkeimenden Ängste erneut ignorierend hielt sie das Messgerät erst in Richtung des Fußbodens, dann in Richtung der Decke. Möglichst schnell verließ sie den mittleren Bereich wieder und nahm neben Max in der Sitzgruppe Platz.

„Der Schalldruck ist von unten wesentlich größer als von oben. Die Geräuschquelle muss also im unteren Bereich des Gebäudes liegen."

Max grinste Friederike an: "Den Keller wollte ich schon immer mal näher unter die Lupe nehmen. Dort sind doch bestimmt noch die ganzen alten Gefängniszellen, aus der Zeit als dies noch das Polizeihaus war. Das müssen wir uns unbedingt anschauen."

Wie aus dem Nichts nahm plötzlich ein älterer Mann neben ihnen in der Sitzgruppe Platz. Er lächelte die beiden wissend an: „Ich kam nicht umhin, Sie bei Ihren Messversuchen dort drüben zu beobachten. Lassen Sie mich raten. Sie haben erheblichen Infraschall unterhalb der menschlichen Wahrnehmungsschwelle gemessen? Infraschall, der von unten kommt?"

Friederike und Max schreckten leicht zurück und schauten sich fragend an. Sie fühlten sich auf irgendeine Weise ertappt, obwohl sie ja nichts Verbotenes getan hatten.

Der ältere Mann fuhr ungerührt fort: „Ich weiß, Sie sind jetzt sicher überrascht, wie ich darauf komme. Ich folge diesem Phänomen schon seit mehreren Jahrzehnten. Glauben Sie mir, Sie sind nicht die ersten, die hier Angstzustände bekommen. Sie haben doch sicherlich die angstmachende Wirkung des Infraschalls bemerkt? Das Phänomen taucht mit schöner Regelmäßigkeit hier auf. Alle paar Jahre, nur für ein paar Tage. Wobei die Vertaktung regelmäßig immer häufiger erfolgt."

„Sie wissen, was es ist? Oder besser, woher er kommt?" fragte Friederike zögernd und etwas verunsichert.

„Ich weiß, dass dieser Schall regelmäßig auftaucht, ich weiß, dass er irgendwo aus dem Boden kommt. Den eigentlichen Ursprung habe ich bisher jedoch noch nicht genau feststellen können." erläuterte der ältere Mann al würden sie sich schon länger kennen.

„Seit vielen Jahren versuche ich dem Phänomen auf die Spur zu kommen. Ich wäre daher sehr dankbar, wenn wir uns mal bei mir im Büro oder einem Lokal treffen könnten, damit Sie mir Ihre Erfahrungen berichten können. Ich habe schon einige hundert Berichte in den letzten Jahrzehnten gesammelt. Mein Name ist Werner Drees. Ich bin Brunnenbauer und Rutengänger, daher interessieren mich diese unterirdischen Vorgänge ganz besonders."

Er hielt den beiden seine Visitenkarte entgegen. Max griff beherzt zu: „Das ist ja spannend. Wir schauen gerne mal vorbei." Er blickte zu Friederike. „Ich bin schon sehr gespannt, von welchen Phänomenen Sie noch so gehört haben."

„Dann ist alles klar." Werner Drees erhob sich. „Rufen Sie einfach die Nummer auf der Karte an und machen Sie einen Termin mit meiner Tochter. Sie weiß, dass ich hier war. Wenn Sie sagen, dass wir uns in der Stadtbibliothek getroffen haben, kann sie Ihre Namen gleich richtig zuordnen."

So plötzlich, wie er neben den beiden Platz genommen hatte, so plötzlich war er mit großen Schritten aus dem Raum verschwunden.

Friederike und Max waren sich wortlos einig, gleich am nächsten Tag einen Termin mit Herrn Drees zu vereinbaren. Das war ja eine unglaubliche Geschichte und sie beide mittendrinn.

24

„Hallo, Herr Drees" flötete Julia in ihr Telefon. „Wir waren heute im Büro bei Ihrem Sohn Werner und Ihrer Enkelin, der Frau Baukloh. Hatten die beiden ihnen schon erzählt, um was es geht? Ja genau, den geplanten Wiederaufbau der St. Ansgarii Kirche oder besser den seinerzeitigen Abriss. Sie waren ja damals bei den Gegnern eines Wiederaufbaus engagiert." Julia versuchte ihn mit möglichst offenen Fragen zu einem Gespräch zu motivieren.

„Herr Shriner und ich haben jetzt gerade keinen Termin und wollten daher fragen, ob wir uns heute vielleicht noch für ein kurzes Interview mit Ihnen treffen könnten? Warten Sie bitte einen kleinen Moment, ich mache mal eben den Lautsprecher an, dann kann Herr Shriner gleich mithören." Julia stellte das Telefon auf Laut und hielt es zwischen sich und David

.

„Wir können sehr gerne über die alten Zeiten der St. Ansgarii Ruine sprechen." Adolf Drees hatte für sein fortgeschrittenes Alter eine verhältnismäßig klare Artikulation. „Ich war vorhin länger in der Stadt unterwegs und fühle mich jetzt ein wenig geschwächt. Dazu kommt, dass Besuche mich ehrlicherweise jedes Mal stressen."

„Können wir dann vielleicht jetzt eben ein Telefoninterview mit Ihnen machen, so können Sie zuhause entspannen, ohne dass wir Ihnen vor Ort unnötigen Stress verursachen." erkundigte sich Julia mitfühlend. David nickte zustimmend.

„Hm, ich glaube, das ist eine ganz gute Idee. Ich suche mir eben nur einen etwas bequemeren Sitzplatz. Jutta könntest du mir bitte einen Tee drüben zum Fernsehsessel bringen?"

„Vielen Dank, das ist sehr freundlich von Ihnen. Ich bleibe eben in der Leitung bis Sie sich gesetzt und Ihren Tee haben." Julia nestelte nebenbei einen Stift und einen Schreibblock heraus und auch David begann damit, schnell einige Fragen aufzuschreiben, die er Julia während des Interviews zeigen konnte.

Am anderen Ende der Leitung waren momentan nur langsame Schritte zu hören. Ein leises Ächzen und das Klappern eines Löffels in einer Teetasse folgten.

„Jetzt stehe ich Ihnen für Fragen voll zur Verfügung" kam die Stimme von Adolf Drees etwas atemlos aus dem Mobiltelefon.

„Vielen Dank. Herr Drees, Sie waren in den 1950er Jahren in der Vereinigung Bremensis Novus tätig und haben sich über diese Vereinigung gegen einen möglichen Wiederaufbau der zerstörten St. Ansgarii Kirche eingesetzt." begann Julia.

„Ja, das waren bewegende Zeiten damals, schwere Zeiten. Wir waren nur wenige Gleichgesinnte bei Bremensis Novus, haben aber dennoch viel bewegt. Es war eine Zeit direkt nach dem verlorenen Krieg, in der so vieles für die Menschen dieser Stadt getan werden musste. Was interessiert Sie besonders? Womit soll ich anfangen?"

Julia überlegte kurz: „Zunächst wäre ich dankbar, wenn Sie mir ein paar grundlegende Informationen über die Vereinigung Bremensis Novus geben könnten. Hierzu habe ich selbst im Staatsarchiv so gut wie keine Informationen gefunden."

„Das kann ich mir gut vorstellen. Bremensis Novus war kein eigetragener Verein, wir waren eine lose Gruppe von vielleicht fünfzehn Bremern mit vergleichbarer Interessenlage. Das wenige, was an Unterlagen oder Schriftverkehr zu der Vereinigung existierte, habe ich schon vor vielen Jahren vernichtet. Ich hätte nicht geglaubt, dass sich mal jemand dafür interessieren könnte. Mit dem Thema hat die Öffentlichkeit doch schon vor Jahrzehnten abgeschlossen."

„Was haben Sie in dieser Vereinigung damals gemacht?" fragte Julia nach.

„Wir 15 haben uns wohl schon vor 1947 mehr oder weniger regelmäßig getroffen. Bremen war durch den Bombenkrieg von heftigen Zerstörungen betroffen. Die Menschen der Stadt brauchten zunächst dringend Wohnraum. Aber unter anderem auch Wasser wurde an vielen Orten in der Stadt benötigt, so kam ich in diese kleine Gruppe. Wir haben ja eine alteingesessene Brunnenbaufirma, die Wiederherstellung gemeinschaftlicher Brunnen war in den Tagen nach dem Ende des Krieges eine sehr wichtige Aufgabe. Dann waren da noch Bekannte von Baufirmen und Kaufleuten aus Bremen. Aber wir versuchten nicht nur die Not zu lindern. Bereits Anfang der 50er Jahre haben wir die große Chance erkannt, die die neue Zeit uns bot. Wir konnten eine modernere Stadt schaffen, ganz ohne den Muff und die Enge alter Zeiten. Bremen war ja schon immer eine echte Kaufmannsstadt, da hat man lieber noch irgendein weiteres Lagerhaus gebaut, bevor man sich um breitere Straßen kümmern wollte."

„Verstehe ich das richtig, Sie haben die fast komplette Zerstörung der Stadt als Chance gesehen?" Julia war überrascht.

„Ja genau. Stellen Sie sich die vielen alten Wohnhäuser vor, ohne eigenes Badezimmer, mit „Indischer Toilette" wie wir damals sagten."

„Indischer Toilette?"

„Ja, die Toilette war jenseits des Ganges." Adolf Drees ließ seine Worte kurz wirken. „Das heißt, die Toiletten waren auf den Fluren der jeweiligen Treppenhäuser. Aber nicht nur alte Wohnbauten fielen damals den Bomben zum Opfer, auch ganze Straßenzüge, Betriebe und Verwaltungsgebäude. So fürchterlich der Krieg auch in Bremen gewütet hat, er bot zu guter Letzt auch Chancen für einen vielfältigen Neubeginn in einer Radikalität, wie sie anders nicht denkbar oder gar möglich gewesen wäre."

„Das ist eine für mich völlig neue Sichtweise." überlegte Julia.

„Manchmal benötigt man sprichwörtlich einen neuen Standpunkt, um von dort Neues sehen zu können." philosophierte Adolf Drees.

„Und in dieser neuen Sichtweise kam die St. Ansgarii Kirche nicht mehr vor?" erkundigte sich David, der sich mit dieser unerwarteten Position erstmal vertraut machen musste.

„Werfen Sie mal einen Blick auf einen Bremer Stadtplan. Ein aktueller Plan ist da völlig ausreichend." konterte Adolf Drees, der langsam richtig in Fahrt kam „Zählen Sie mal die Kirchen, die sich alleine in der Innenstadt befinden. Man könnte meinen, alle Bremer Bürger sind religiöse Fanatiker und wechseln zudem einmal monatlich ihren Gebetsort. Und dies ein ganzes

Jahr lang. Kurz gesagt, die Innenstadt ist völlig überladen mit christlichen Heimstätten jeder Art und Prägung. Da war eine zerstörte Kirche sicherlich traurig, aber aus städteplanerischer Sicht war es ein Riesengewinn. So konnte die Obernstraße als zentrale Tangente, ohne größere Baulücken in eine moderne Einkaufsstraße umgestaltet werden. Sicherlich war der Bereich um den Brill immer ein wenig vom alten Zentrum abgeschnitten, hätten wir jedoch über 100 Meter keine Einkaufsmöglichkeiten, wäre der Brillbereich völlig tot gewesen. Um seine Position als Oberzentrum der Region zu festigen, musste Bremen sich damals größtenteils neu erfinden."

Julia überlegte kurz: „Herr Drees, das sind für uns völlig neue Informationen und Sichtweisen. Wir konnten zu Ihren Überlegungen im Vorfeld unserer Recherche nur sehr wenig belastbare Informationen finden. Hat Bremensis Novus irgendetwas publiziert, das wir heute noch nachlesen könnten? Eine Zeitschrift vielleicht oder irgendwelche Zeitungsartikel?"

„Da dürften Sie nur wenig finden. Wir waren wenige Mitstreiter, aber die waren an genau den richtigen Positionen. Es war gar nicht in unserem Interesse, eine größere öffentliche Diskussion anzustoßen und alles über Jahre zerreden zu lassen. Heute würde man sagen, wir waren allesamt echte Macher." erinnerte sich Adolf Drees.

Julia schaute fragend zu David. Mit einem kurzen einseitigen Achselzucken gab er ihr zu verstehen, dass er jetzt keine Fragen mehr hatte.

„Herr Drees, Sie haben uns wirklich völlig neue Einblicke gegeben" bedankte sich Julia „Wir haben zunächst keine weiteren Fragen. Ich wäre Ihnen jedoch sehr dankbar, wenn ich Sie bei Unklarheiten oder Nachfragen nochmal anrufen dürfte."

„Jederzeit. Mir hat unser Telefonat auch viel Freude gemacht. Da kam mir doch so einiges in Erinnerung, an das ich schon lange nicht mehr gedacht habe. Insofern muss ich mich bedanken." verabschiedete Drees sich „Ich muss mich jetzt aber wirklich hinlegen. Es war ein langer und anstrengender Tag."

„Vielen Dank Herr Drees, Sie haben uns wirklich sehr geholfen." riefen David und Julia fast gleichzeitig in das Telefon. Julia drückte den Knopf zum Beenden des Gesprächs.

„Totale Zerstörung mit so vielen Toten als Chance zu sehen. Was ist das für eine bizarre Sichtweise." grübelte David „Es zeigt sich immer wieder, dass man historische Entscheidungen immer nur im geschichtlichen Kontext sehen muss."

„Das stimmt. Aber heute verändern sich Innenstädte auch rasant. Internet und Shopping-Malls am Stadtrand trocken den Einzelhandel in den klassischen Innenstädten völlig aus. Wie würde man wohl heutzutage verfahren, wenn die Stadt in Trümmern läge?" grübelte Julia.

25

Der späte Nachmittag zog sich wieder einmal wie ein Kaugummi. Ute Plander schaute wieder und wieder auf die Uhr ihres Mobiltelefons. Irgendwann waren es nur noch wenige Minuten bis 17:00 Uhr.

Die ersten Kollegen in ihrem Umfeld hatten ihre Rechner bereits heruntergefahren und räumten noch schnell Schreibtisch ab. Ute starrte, den Eindruck höchster Konzentration erweckend, auf den großen Flachbildschirm vor ihr. Der Raum um sie herum leerte sich jetzt zusehends.

Wie auf Kommando klingelte plötzlich ihr Telefon. Obwohl sie genau darauf gewartet hatte, fiel vor Schreck fast der Stift aus der Hand.

Sie hob ab.

„Moin Ute, hier ist ein Herr Drees. Er sagt, er hat jetzt einen Termin mit dir. Machst du schon wieder Überstunden?" klang die Stimme ihrer Kollegin vom Empfang im Erdgeschoss des Gebäudes aus ihrem Hörer.

„Nee, der hatte bisher nur nie wirklich Zeit für einen Termin, da habe ich ihn einfach für jetzt einbestellt. Und plötzlich hat es auch geklappt." flötete Ute in den Hörer „Ich komme gleich zu euch runter und hole ihn bei dir ab."

„Alles klar, ist platziere ihn erstmal vorn im Wartebereich."

Ute legte auf und schaute sich um. Der Raum war inzwischen menschenleer, alle Kolleginnen waren bereits im Feierabend.

Durch das Treppenhaus ging sie nach unten.

„Hallo Herr Drees, schön dass Sie kommen konnten. Lassen Sie uns in die Cafeteria gehen, dort können wir entspannt miteinander sprechen" Ute reichte Werner Drees die Hand und steuerte ihn dann sogleich in Richtung des Treppenhauses.

Ein kurzes dankendes Nicken schickte sie in Richtung ihrer Kollegin am Empfangstresen.

„Die meisten Kollegen fahren normalerweise mit dem Fahrstuhl, da ist der Weg durch das Treppenhaus etwas vertraulicher." lächelte sie Werner Drees an und öffnete die Tür zum Treppenhaus.

Er nickte dankbar und folgte ihr leichtfüßig die Stufen hinauf.

Oben in der Cafeteria angekommen, warf Ute einen kurzen Blick in den Küchenbereich. Aber auch dort war um diese Zeit niemand mehr anzutreffen. Sie war sichtlich erleichtert.

Werner Drees ging zielsicher an einen der größeren Tische und begann dort seinen mitgebrachten Beutel zu leeren.

„Und was passiert jetzt?" Ute schaute sich interessiert die mitgebrachten Utensilien an, die Werner Drees akribisch auf dem Tisch sortierte.

„Ich habe die Vermutung, dass das Phänomen, das Sie gesehen haben, von sogenannten Ley-Linien herrührt." Werner Drees nahm zwei rechtwinklig gebogene Schweißdrähte vom Tisch und griff jeweils eines der kürzeren Enden mit einer Hand, so dass die längeren Enden über seinen Händen nach vorn parallel zueinander verliefen.

„Ley-Linien bilden ein Energienetzwerk um unseren gesamten Planeten. Sie verlaufen nicht wirklich geradlinig, sondern können auch einfach abbiegen oder gebogen werden. Die Energie dieser Linien ist eigentlich unglaublich schwach, so dass sie mit elektronischen Geräten nicht zu orten sind. Daher können sie auch mit der Rute nur sehr schwer erfasst werden. Nur sehr geübte Rutengänger sind in der Lage sie zu identifizieren. Und dies, obwohl die Linien bis zu 25 Meter breit sein können." erläuterte Drees und begann zunächst einen etwas abgelegeneren Bereich der Cafeteria mit seiner Rute abzugehen.

„Ley-Linien. Davon habe ich bisher noch nie etwas gehört." Ute sah ihn fragend an.

„Viele Menschen würden sie noch immer in den Bereich der Parawissenschaften einordnen, aber glauben Sie mir, die sind so real wie Sie und ich. Ich komme aus einer alten Familie von Rutengängern. Ley-Linien tauchten schon bei meinen Vorfahren immer wieder auf. Vielleicht nicht unter dem gleichen Namen, aber immer mit vergleichbaren Auswirkungen. Ich habe die Notizen meiner Vorfahren dahingehend akribisch durchgearbeitet. Es heißt, diese Linien führen die Lebensenergie, die jedes beseelte Wesen auf der Welt benötigt und leiten sie an jeden Punkt der Welt." Werner Drees zog weiter hochkonzentriert gerade Wege durch den Raum der Kantine, den eigentlich Interessanten Bereich um den Tisch mit dem leuchtenden Löffel immer weiter näherkommend.

„Sind sie vergleichbar mit unterirdischen Wasseradern?" versuchte Ute die neuen Informationen in ihr Weltbild einzupassen.

„Eigentlich nicht. Wasseradern sind mit dieser Rute auch für relativ ungeübte Menschen problemlos aufzuspüren. Das kann wirklich fast jeder mit einer

Wünschelrute. Ley-Linien orientieren sich nicht an unterirdischen Wasserläufen oder sonstigen geologischen Gegebenheiten. Sie verlaufen völlig eigenständig ohne erkennbare Gesetzgebung. Und sie sind einfach sehr schwer zu spüren." Leichte Bewegungen der beiden Schweißdrähte in den Händen von Werner Drees konnte auch Ute jetzt deutlich erkennen.

„Hier beginnen heftige Energiestrahlungen." rief Drees „Das sind allerdings definitiv keine Wasseradern. Aber für Ley-Linien sind sie eigentlich zu stark. Ich verstehe das nicht. Fühlt sich aber genauso an wie eine typische Ley-Linie."

Werner Drees kam dem Tisch, an dem Ute ihr Mittagessen eingenommen hatte immer näher.

Urplötzlich leuchteten die Schweißdrähte bläulich auf und kreuzten sich vor den Händen von Drees. Er starrte mit großen Augen auf das, was dort direkt vor seinen Händen passierte.

Vorsichtig setzte er einen Schritt vor den nächsten. Das zunächst leichte blaue Leuchten schwoll noch weiter erkennbar an.

„Das ist ja unfassbar", keuchte er „Ley-Linien dieser Intensität darf es eigentlich gar nicht geben. Was passiert hier nur?"

Kaum ausgesprochen, fielen ihm die leuchtenden Drähte aus den Händen und er sackte plötzlich auf die Knie.

Ute griff seinen Arm und half dem keuchenden Werner Drees auf einen der umstehenden Stühle.

„Geübte Rutengänger reagieren manchmal sehr sensibel auf viele Arten von Erdstrahlung, da haut mich so etwas viel schneller von den Füßen als es bei Ihnen passieren würde." Er bemühte sich sichtlich, langsamer zu atmen und zu Ruhe zu kommen.

Ute ging zur Spüle der Cafeteria und füllte ein Glas mit Wasser. Werner Drees ging es aber bereits sichtlich besser als sie ihm das Glas reichte.

„Vielen Dank. So etwas heftiges ist mir bisher erst ein einziges Mal passiert. Ist aber schon lange her." Werner Drees nahm dankbar einen kräftigen Schluck aus dem Wasserglas.

„Als ich dieses bläuliche Licht am Löffel zuerst sah, habe ich eigentlich nichts Besonderes gespürt." überlegte Ute.

„Das muss eindeutig etwas mit der Sensibilität zu tun haben. Eigentlich können es nur Ley-Linien sein. Ich muss unbedingt herausfinden durch welchen Effekt sie derartig verstärkt werden."

26

David und Julia waren mitten in einer Diskussion über den möglichen Aufbau der Artikelserie und wie man die gerade eben neu gewonnenen Informationen von Adolf Drees darin am geschicktesten unterbringen könnte, als Davids Telefon klingelte.

„Guten Tag Herr Shriner" erklang eine weibliche Stimme: „Mein Name ist Angela Nordmann. Wir kennen uns nicht. Ich habe Ihre Nummer von Ronald Hilbers vom Ansgarii Wiederaufbauverein bekommen."

„Was können Sie für mich tun?" flötete David zurück in das Telefon.

„Das ist tatsächlich genau die richtige Fragestellung, Herr Shriner. Ich kann Ihnen vielleicht noch ein paar interessante Informationen zur bremischen Kirchengeschichte geben, die Sie wahrscheinlich noch nicht kennen. Ich bin Historikerin und habe zu diesem Thema vor einigen Jahren eine Arbeit veröffentlicht. Sie ist leider nicht sehr bekannt, da sie bisher nur in einer historischen Publikationsserie einer bremischen Privatbank erschienen ist."

David fiel vor Freude fast das Mobiltelefon aus der Hand.

„Ob Sie es glauben oder nicht, ich kenne Ihre Publikation bereits und war gleich fasziniert davon. Leider standen keine Kontaktdaten von Ihnen in dem Buch. Auch sonst habe ich nirgendwo etwas über sie gefunden."

„Ich bin gerade in der Bremer Innenstadt unterwegs, vielleicht können wir uns kurz irgendwo auf einen Kaffee oder so treffen?"

David konnte sein Glück immer noch kaum fassen „Sehr gerne. Frau Mindermann und ich sind auch gerade ziemlich zentral unterwegs. Wie wäre es in einem Café am Marktplatz?"

„Sehr gerne. Ich mache mich schon mal auf den Weg. Sie erkennen mich wahrscheinlich sofort an meiner roten Jacke."

„Alles klar, ich denke, wir sind in gut 10 Minuten bei Ihnen am Marktplatz. Bis gleich" David legte auf und grinste Julia an.

„Du wirst nicht glauben, wer eben bei mir angerufen hat."

Knapp 10 Minuten später hatten David und Julia auch schon den Marktplatz erreicht. David blickte sich suchend um. Die Außenplätze der Cafés und Restaurants waren nur vereinzelt besetzt, so sah er sehr schnell eine Dame mittleren Alters in einer knallroten Wolljacke an einem der Tische sitzen.

„Entschuldigung, habe ich die Ehre mit Frau Nordmann?" David überspielte seine quälende Neugier gerne mit fast überbordender Freundlichkeit.

Angela Nordmann schenkte ihm ein strahlendes Lächeln als sie ihm ihre Hand entgegenstreckte: „Dann sind Sie Herr Shriner und Sie müssen Frau Mindermann sein. Guten Tag, ich freue mich, dass es so kurzfristig geklappt hat. Bitte nehmen Sie doch Platz."

Frau Nordmann wirkte so gar nicht wie David sich eine idealtypische Kirchenhistorikerin vorgestellt hatte. Sie war ganz offensichtlich eine ausgesprochen impulsive Frau, ihre mitreißende Fröhlichkeit war nicht nur aufgesetzt.

„Ob Sie es glauben oder nicht, nachdem ich Ihre Publikation in der Stadtbibliothek gelesen hatte, habe ich über alle mir zur Verfügung stehenden Kanäle versucht, Ihre Kontaktdaten zu finden. Leider erfolglos. So etwas passiert mir wirklich selten."

„Ich bemühe mich auch intensiv darum, dass das so bleibt. In der heutigen Zeit, ist es nicht immer gut, wenn alle Informationen über einen Menschen leicht zu finden sind. Wir alle sind schon transparent genug."

„Damit machen Sie es uns Journalisten aber nur unnötig schwer. Ist es nicht auch in Ihrem Interesse, wenn Ihre Arbeit eine weitere Verbreitung findet?" David lächelte strahlend zurück.

„Es gibt einige Kollegen meiner Zunft, die mit meinen Ansätzen und Schlussfolgerungen überhaupt nicht einverstanden sind. Ich habe nach so vielen Jahren einfach keine Lust mehr, von denen oder von irgendwelchen anderen Wirrköpfen dauernd belästigt zu werden." Frau Nordmann schob eine Locke ihres schulterlangen wildgelockten blonden Haares aus dem umfangreich geschminkten Gesicht.

Julia betrachtete David von der Seite mit einer hochgezogenen Augenbraue, als dieser der Handbewegung von Frau Nordmann gebannt folgte.

„Frau Nordmann…" begann David.

„Sagen Sie doch bitte Angela zu mir. Ich fühle mich dann gleich etwas wohler." Angela blickte David tief in die Augen.

Julia überlegte, ob dies Angebot wohl auch für sie galt. Nahm sich zunächst aber vor, den weiteren Fortgang des Gespräches einfach abzuwarten.

„Oh, sehr schön. Sie können mich sehr gerne David nennen." David kam aus dem Lächeln gar nicht mehr heraus, dann gewann seine Professionalität jedoch wieder die Überhand: „In Ihrer Publikation zur Kirchengeschichte der Bremer Innenstadt haben Sie explizit auf die teilweise ringförmige Lage der Kirchen in der Bremer Innenstadt hingewiesen. Was ist daran so besonders? Innenstädte entwickeln sich ja meistens rund."

„Kirchen wurden seit Beginn der Christianisierung nicht einfach irgendwo an irgendeine Stelle oder irgendeinen Ort gebaut. Es waren meistens sogenannte Kraftorte."

„Was meinen Sie genau mit diesen sogenannten Kraftorten?" versuchte Julia sich in das Gespräch einzubringen.

„Das ist nicht immer leicht mit Worten zu erklären, so etwas muss man besser fühlen. Sie haben bestimmt auch schonmal einen Ort besucht, an dem Sie sich sofort wohl und geborgen gefühlt haben. Vielleicht dachten Sie sogar, Sie wären bereits vorher schon einmal dort gewesen, wie bei einem Déjà-vu. Ein Ort, der Ihnen buchstäblich innere Kraft gegeben habt. Das kann einfach an einem Baum mitten auf einer Wiese sein, direkt neben einem sprudelnden Bach oder eben auch in einer alten Kirche."

Frau Nordmann machte eine Kunstpause, um ihren Gesprächspartnern Zeit zu geben, sich mit diesen Gedanken vertraut zu machen.

„Wenn Sie eine solche Kirche betreten, merken die meisten Menschen es sofort, dass hier etwas Besonderes um Sie herum ist." Angela war sofort wieder im Redefluss und damit voll in ihrem Element. „Die alten

Kirchen- und Dombaumeister wussten noch, wo diese Kräfte aus dem Boden besonders stark waren und bauten Kirchen genau dorthin, wo sie diese Kraft verspürten. Es soll sich hierbei um eine Art von Kraftlinien handeln, die nicht geradlinig verlaufen, aber um den gesamten Globus verteilt sind. Ein befreundeter Wünschelrutengänger hat es mir vor Jahren einmal genauer erklärt, er nannte sie Ley-Linien."

David hatte bereits vor Beginn ihrer Ausführungen sein Telefon zur Aufnahme des Gespräches auf den Tisch gelegt und versicherte sich nun, dass es auch angeschaltet war. Er spürte förmlich, wie es jetzt spannend wurde.

Angela Nordmann hatte offensichtlich das besondere Talent, ihren Vortrag ohne störende eigene Atmung halten zu können. Julia hatte den Eindruck, der Redefluss stürzte wie das Löschwasser aus dem C-Rohr eines Feuerwehrmannes auf sie ein.

„Diese Ley-Linien haben wie gesagt einen unregelmäßigen Verlauf. Interessant sind besonders die Stellen, an denen sich diese Kraftlinien berühren, kreuzen oder sogar teilen. An eben diesen Orten verstärkt sich ihre besondere Kraft. An den Kraftorten, auf denen alte Kirchengebäude errichtet wurden, haben die damaligen Baumeister ihre sakralen Bauwerke so angelegt, dass ein kleiner Streifen der unter dem Gebäude verlaufenden Linien leicht abgelenkt wurde. Auf diese Weise wurde die positive Wirkung der unterirdisch abgestrahlten Kraft in der Kirche noch verstärkt. Je stärker die Wirkung, umso größer die Wirkung der Linien auf ihre belebte Umwelt. Wichtig war hierbei wohl, dass die Kirchenfundamente aus besonders quarzhaltigem Gestein errichtet werden mussten. Und die St. Ansgarii Kirche muss wohl etwas ganz Besonderes gewesen sein, denn der über 100 Meter hohe Kirchturm war ebenfalls aus diesem hoch quarzhaltigen Gestein gebaut worden. Warum man dies machte, konnte ich allerdings nicht herausfinden. Die Quellenlage ist ausgesprochen dünn. Es gibt jedoch vereinzelt überlieferte Berichte von Dombaumeistern, die Orte mit besonderer Auswirkung auf menschliche Emotionen beschreiben. Aber auch ganz offensichtlich naturwissenschaftlich klare physikalische Auswirkungen werden angesprochen wie beispielsweise Lichtphänomene. Diese könnten eine Erklärung für viele Heiligenerscheinungen dieser Zeit sein."

„Und wenn nun eine Kirche von so einem Kraftort entfernt werden würde, wie es bei St. Ansgarii erfolgt ist?" David versuchte sich vorsichtig mit dem Gedanken an unbekannte Kraftlinien vertraut zu machen.

„Die Linien würden ihren Lauf wohl nicht einfach wieder ändern. Der ehemalige Kirchenstandort wird wahrscheinlich weiter ein Kraftort bleiben, aber vielleicht nicht so stark spürbar, da ja möglicherweise keine Teilablenkung der Kräfte von Hauptstrahl mehr erfolgt. Wie es sich allerdings genau verhält werden wir wohl nie wissen, insbesondere mit Blick auf die Kirchendichte in der Innenstadt und damit Ballung von Kraftorten und gebogenen Kraftlinien. Die Ley-Linien müssen hier direkt unter uns ziemlich chaotisch verlaufen. Vielleicht gibt es aber auch einen Drang zur Selbstordnung, dann wäre unter der Stadt eine riesige Linie oder auch einfach ein Kreis, wie bei einem Benzolmolekül."

„Wäre dann diese unterirdische Kraft nicht besonders stark, sie hätte in einem Kreis ja keine Möglichkeit abzufließen? Oder ist das zu einfach gedacht?"

„Durchaus nicht. Damit könnten Sie möglicherweise recht haben. Es gibt sogar eine Theorie, die genau Ihre Überlegung aufgreift. Viele Dombaumeister wussten offensichtlich, dass es zu massiven Kräftebündelungen kommen könnte, die sich wie gesagt auf unterschiedliche Weise äußern konnten. Vielfach haben sie daher versucht, diese irdischen Kräfte und besonders ihre oberirdisch auftretenden Auswirkungen durch machtvolle Symbole zu bannen."

„Sagen Sie jetzt nicht, dass die alten Dombaumeister etwa Pentagramme und dunkle Magie genutzt haben." David wurde skeptisch.

„Aber genau das ist passiert. Gehen Sie nachher doch einfach zur Liebfrauenkirche dort drüben und schauen an der Westseite zum alten Eingang der Kirche, es ist die rechte etwas kleinere doppelflüglige Tür. Dort sehen Sie an den steinernen Bögen jeweils eine Fledermaus und eine Eule. Die Fledermaus ist im biblischen Kontext eine Ausgeburt des Bösen. Sie führt eine unnatürliche Lebensweise: Sie schläft am Tag kopfüber, jagt in der Nacht und meidet das Licht, wo sie nur kann. Auch der Teufel wurde in vielen mittelalterlichen Darstellungen mit großen Fledermausflügeln abgebildet."

Angela Nordmann machte eine dramatische Pause. „Was hat dann wohl ein solches Symbol an so exponierter Stelle an einer christlichen Kirche zu suchen? Machen Sie sich mit dieser Fragestellung mal vertraut. Heidnische Symbole direkt am Eingang, so dass jeder Kirchenbesucher sie vor Eintritt in die Kirche sehen musste."

„Aber die Eule, sie hat doch eher ein positives Image." gab Julia zu bedenken, "Ich kenne sie als Symbol für Wissen."

„Oh nein, nicht im Mittelalter. Hier war ihre Bedeutung eine ganz andere. Aufgrund ihrer ebenfalls nächtlichen Lebensweise bekommen wir Eulen nur selten zu Gesicht. Wir hören jedoch ihre Schreie in der Nacht, die sich in der Dunkelheit zum Teil recht unheimlich und beängstigend anhören. Auch der geräuschlose Flug trägt dazu bei, die Angst der Menschen vor dem im Dunkel der Nacht nicht Greifbaren zu schüren. Hier kommt besonders die Urangst des Menschen vor der Nacht zum Ausdruck, da ihm die in der Dunkelheit jagenden Raubtiere gefährlich werden konnten. Diese Urangst wird in Mythologie und Volksglauben aller Kulturen deutlich. Eulen galten daher oft als Dämonen oder Unglücksboten. In fast allen unseren europäischen Kulturen wurde die Eule als Verkünderin des nahenden Todes gesehen. So wurde der nächtliche "kuwitt"-Ruf des Steinkauzes als "Komm mit" verstanden. Von den Angehörigen eines Sterbenden wurde der durch das Licht angelockte Nachtvogel als Totenvogel gesehen, der kam, um die Seele des Toten zu holen. Warum also wird dieser mit heidnischer Symbolkraft beladene Vogel an dem alten Kircheneingang gezeigt?"

Wieder machte sie eine Kunstpause. David bemerkte, dass sie doch zwischen ihren Erläuterung Luft holen musste.

„Noch aus der griechischen Antike kennen wir einen ziemlich grausamen Brauch, der sich noch bis vor wenigen Jahrzehnten auch bei uns im ländlichen Raum gehalten haben soll. Zum Schutz der Nutztiere und von

Haus und Hof, wurden Eulen noch lebend mit ausgebreiteten Flügeln an die Scheunentore der Bauern genagelt. Dies sollte vor Blitzschlag, Feuersbrunst und Hagel schützen. Als man den neuen Eingang der Kirche „Unserer lieben Frauen" größer und etwas weiter links baute, hat man auf derartig tiefgründige Symbolik verzichtet. Vielleicht war der ursprüngliche Grund da schon in Vergessenheit geraten."

David und Julia sahen sich an, mit solch einer Entwicklung und Informationsflut hatten beide wirklich nicht gerechnet.

„Und wenn Sie das alles schon sonderbar finden, dann sollten Sie gleich danach in die Ostkrypta des Doms gehen."

„Da bin ich jetzt gespannt, was finden wir denn dort?" David war absolut gefesselt von dieser Geschichte.

„Ich würde vorschlagen, dass Sie es sich vor Ort selbst anschauen und dann bei Fragen einfach mal bei mir vorbeischauen, oder mich anrufen. Ich bin mir ziemlich sicher, dass Sie Fragen haben werden." Angela reichte David und Julia jeweils eine ihrer Visitenkarten.

„Das klingt unglaublich spannend, vielen Dank Frau Nordmann. Ich weiß zwar noch nicht, ob und wie ich Ihre Ausführungen in meiner Artikelserie berücksichtigen kann, aber notfalls mache ich daraus einen separaten Artikel." David unterdrückte mühsam den inneren Drang, aufzuspringen und sofort zur Liebfrauenkirche zu gehen um Eule und Fledermaus zu suchen.

„Sehr gerne, es hat mich wirklich gefreut, über diese Dinge sprechen zu können. So etwas können Sie nicht so einfach veröffentlichen, ohne Gefahr zu laufen, jedwede wissenschaftliche Reputation zu verlieren."

David überlegte kurz: „Falls wir Teile Ihrer Ausführungen in unserer Artikelserie verarbeiten können, dürfen wir Sie namentlich erwähnen oder möchten Sie lieber ungenannt bleiben?"

„Lassen Sie meinen Namen bitte aus dem Spiel. Es gibt sicherlich ein paar Menschen, die diese Dinge auf mich zurückführen könnten, aber die lesen in der Regel keine amerikanischen Zeitungen."

„Vielen Dank für die vielen neuen Einblicke." Julia reichte Frau Nordmann die Hand als diese vom Tisch aufstand.

„Sehr gerne, ich wünsche Ihnen viel Erfolg mit Ihrer Artikelserie."

Die knallrote Jacke von Frau Nordmann war noch weithin zwischen den Menschen auf der Obernstraße sichtbar.

27

Am späteren Nachmittag ging Kevin wieder zu seinem Studentenjob in der Stadtschänke, heute war er für die Spätschicht eingeteilt worden.

Im Umkleideraum verstaute er sorgfältig seine normale Straßenkleidung und legte die vom Betrieb gestellte Küchenuniform an. Bevor er den Raum verließ, ging sein Griff zu der Plastikdose mit zwei Pfirsichen darin, dann ging er in die Küche.

Dort angekommen, entnahm er einen der beiden Pfirsiche aus der Dose, verschloss sie wieder sorgfältig und stellte die Dose in die geheimnisvolle Mauernische. Den herausgenommenen Pfirsich legte er vorsichtig oben auf die Dose und meldete sich dann beim Küchenchef.

Immer wieder im Laufe der Zeit schaute er zum Pfirsich auf dem Dosendeckel. Bildeten sich da vielleicht bereits Runzeln auf der Pfirsichhaut? Leider hatte er keine Zeit, das Obst so regelmäßig einer detaillierteren Untersuchung zu unterziehen wie er eigentlich wollte. Aber rein äußerlich erkannte man bereits nach kurzer Zeit den Beginn von ersten oberflächlichen Veränderungen.

Nach gut zwei Stunden bot sich endlich die Gelegenheit für eine kurze Zigarettenpause. Auf dem Rückweg von draußen kontrollierte Kevin das ausgelegte Obst. Die äußere Haut war tatsächlich leicht angeschrumpelt, als ob der Pfirsich bereits in paar Tage in der Nische gelegen hätte und nun leicht vor sich hin trocknen würde.

Er öffnete voller Spannung die fest verschlossene Dose. Auch der Pfirsich darin zeigte genau dieselben Veränderungen der Außenhaut. Unglaublich, was konnte das nur ausgelöst haben. Die ursprüngliche Theorie mit einem Ethylen Gasaustritt war hier ganz eindeutig widerlegt worden, ansonsten hätte der in der Plastikdose luftdicht eingeschlossene Pfirsich keine Veränderungen zeigen dürfen.

Ethylen Gas war es also offensichtlich nicht, dann machte es wohl auch keinen Unterschied, testweise ein Feuerzeug anzumachen. Ethylen Gas war ja hochentzündlich.

Vorsichtig nahm Kevin sein Benzinfeuerzeug aus der Tasche und hielt es in Richtung der Mauernische. „Was soll jetzt schon schiefgehen" dachte er bei sich und drehte an dem Rädchen, das an dem Feuerstein rieb. Die Funken entzündeten eine Flamme am Docht und… nichts passierte. Die Flamme flackerte nicht einmal. Es war wirklich keinerlei Ethylen Gas in der Nische vorhanden.

Kevin steckte sein Feuerzeug wieder weg und legte die beiden Pfirsiche auf einen Tisch an der anderen Seite des Raumes. Man musste ja bei diesem Experiment nicht so lange warten, bis sie beide ungenießbar waren. Als einfacher Student, der in der Gastronomie hinzuverdienen musste, schwamm man auch nicht im Geld.

Er ging schnell zurück zu seinem Arbeitsplatz und konzentrierte sich auftragsgemäß auf das Putzen einer großen Stiege frischer Champignons. Neben ihm stand die Küchenhilfe Hilde. Hilde arbeitete schon ewig in der Küche und besserte hier ihre knappe Witwenrente etwas auf. Sie war schon so lange dabei, dass sie bereits wie lebendes Inventar angesehen wurde.

„Sag mal, Hilde?"

„Was is Kleiner?"

„Hast du das auch schon erlebt, dass Obst und Gemüse da vorne in der Mauernische viel schneller schlecht werden als woanders in der Küche?" Kevin zeigte zu der Nische.

„Na klar. Aus irgendeinem Grund verderben dort Lebensmittel schneller als normal. Das weiß hier jeder in der Küche. Und wer es nicht weiß, wird es ganz schnell erfahren."

„Weißt du warum das dort passiert? Hat mal jemand nach einer Erklärung gesucht, oder das vielleicht schon überprüft?"

„Nein und ja. Der Chef hat dort vor einigen Jahren mal alles abbauen lassen um zu schauen, was dort der Grund sein könnte. Er hat jedoch nichts gefunden, wenn ich mich richtig erinnere. Niemand weiß, warum das dort passiert."

„War das denn schon immer so mit diesen Dingen in der Nische?"

„Wenn ich mich richtig erinnere fing das vor ungefähr zehn Jahren an. Anfangs konnte man kaum etwas bemerken, erst nach ein oder zwei Tagen sahen Obst und Gemüse schlechter als woanders aus. Im Laufe der Jahre ging es dann immer schneller und schneller. Heute brauchen manche Dinge dort nur ein paar Stunden liegen und schwupps, sind sie völlig vergammelt."

„Ich glaube es nicht. Was kann das nur sein? Nicht dass da irgendeine Art von Strahlung austritt und wir alle hier irgendwann anfangen nachts im Dunkeln zu leuchten." Kevin lachte ein klein wenig zu hysterisch auf.

„Ach quatsch. Kümmere dich um deine Pilze Kleiner, sonst gibt's nachher wieder Mecker vom Chef. Den Job hier waren schon ganz andere schnell wieder los."

„Ups, danke Hilde. Du hast recht." Kevin lenkte seine volle Aufmerksamkeit wieder den Pilzen vor ihm auf dem Tisch zu.

28

Nachdem David ihre Heißgetränke bezahlt hatte, gingen Julia und er direkt zur Liebfrauenkirche, die kaum 100 Meter vom Marktplatz entfernt stand.

Der kleine, deutlich ältere Eingang der Kirche war schnell gefunden, die Fledermaus und die Eule waren unübersehbar rechts und links auf Augenhöhe in den steinernen Türbogen von den Steinmetzen eingearbeitet worden. Unübersehbar für jeden Besucher, der durch diese Tür eintreten wollte.

Schweigend betrachteten sie die beiden lebensnah gestalteten Tiere einen Moment.

„Es ist faszinierend, wie offen derartige heidnischen Symbole an exponierter Stelle eines Gotteshauses gezeigt werden können, ohne dass Menschen sich Gedanken darüber machen." grübelte Julia.

„Der eigentliche Sinngehalt von Symbolen verschwindet in genau dem Moment, in dem die Menschen ihn nicht mehr zu deuten wissen." David fuhr mit der Hand fasziniert über die detailreich ausgearbeiteten Fledermausflügel.

Julia blickte beiläufig auf ihr Mobiltelefon: „Wollen wir uns auch noch schnell die Ostkrypta im Dom anschauen? Der hat noch gut eine halbe Stunde für Besucher geöffnet."

„Gute Idee. Lass uns gehen."

„Ich habe im vergangenen Jahr einen ziemlich umfangreichen Artikel zu christlichen Symbolen und ihrer Bedeutung für eine dieser populärwissenschaftlichen Zeitschriften geschrieben. Mal schauen, ob uns das gleich irgendwie hilft."

„Bei uns in Amerika haben wir keine Orte, an denen solch originale mittelalterliche Symbolik zu finden ist. Schon gar nicht vorchristliche Dinge oder gar heidnische Zeichen. Insofern bin ich echt gespannt, was uns dort erwartet."

Sie gingen hinter dem Rathaus herum, in Richtung des Domshofs. Als der Platz sich vor ihnen öffnete wies Julia mit dem Finger auf den Vierungsturm des Doms, der sich rechts vor ihnen erhob.

„Vierungstürme auf christlichen Kirchen sind immer achteckig. Dahinter steckt alte Zahlensymbolik. Die Zahl acht, weist auf den symbolischen achten Tag der Schöpfung hin, die Wiedergeburt. Also ein Symbol für ewiges Leben, das das Christentum den Menschen verspricht."

„Da habe ich ja wieder alles richtig gemacht, als ich dich um Mithilfe bei diesem Kirchenthema bat." grinste David beeindruckt.

„Viele Dinge und Symbole sind nicht so einfach auf den ersten Blick zu erkennen. Lassen wir uns überraschen."

Sie bogen nach rechts zu den Domtreppen. Der geöffnete Eingang befand sich unter dem rechten Turm. Vor der Treppe blieb Julia kurz stehen und zeigte vor sich auf den Boden: „Es sind genau zehn Stufen. Sie stehen für die biblischen zehn Gebote. So konnten die Gläubigen die Gebote aufsagen, wenn sie in den Dom zum Gottesdienst gingen."

„Schade, dass wir bisher nichts über eine solche Symbolik in der St. Ansgarii Kirche wissen. Das wäre ein echter Knaller für die Artikelserie. Viele Amerikaner fühlen sich gerade zu solchen geheimnisvollen Dingen hingezogen."

„Ich glaube, wir haben schon eine ganze Menge seltsamer Dinge gehört. Lass uns schnell reingehen, damit wir drinnen noch etwas Zeit haben, bevor hier für Besucher geschlossen wird."

„Hetze doch einen alten Mann nicht so."

„Fishing for compliments, oder was war das gerade?"

„Von alleine macht mir ja niemand welche." David nahm dynamisch immer zwei Stufen auf einmal und trat etwas schwerer atmend durch die geöffnete Domtür.

Nach zwei modernen Glastüren befand sich am Aufgang zu einem der beiden Türme ein kleines Kassenhäuschen. Julia erkundigte sich dort nach der Lage der Ostkrypta.

„Der Eingang ist gleich an der linken Seite des Hochchors." flüsterte Julia.

Gemessenen Schrittes gingen sie durch den Dom und fanden problemlos die schmale steinerne Treppe, die neben dem Hochchor zu der tiefergelegenen Ostkrypta führte.

David zeigte auf das am Eingang angebrachte laminierte Schild „Raum der Stille" und legte grinsend einen Finger auf seinen Mund.

Julia schüttelte leicht den gesengten Kopf und betrat die Krypta.

Während Julia etwas schneller zu den Wänden und Säulen des Raumes ging, blieb David kurz stehen und ließ zunächst den Raum in seiner Gesamtheit auf sich wirken. War dies tatsächlich einer dieser geheimnisvollen Kraftorte? Spürte er selbst nicht bereits eine völlige Ruhe und innere Zufriedenheit? Was war das für ein faszinierender Gedanke, dass Baumeister vor vielen hundert Jahren über ein umfassendes Wissen verfügten, das heute wahrscheinlich komplett verlorengegangen ist.

Er wurde jäh aus seinen Gedanken gerissen, als seltsame, zischende Geräusche im Raum zu hören waren. Beim Aufblickten sah er Julia zwischen einigen der Säulen stehen. Sie bemühte sich aufgeregt ihn zu sich zu winken und versuchte dabei möglichst dezent mit leisen Zischgeräuschen auf sich aufmerksam zu machen.

David ging mit leisen Schritten zu ihr hin. „Es ist ein Raum der Stille. Gut, dass niemand sonst hier im Raum ist, sonst hätte er oder sie gedacht, wir haben hier ein massives Schlangenproblem."

„Quatsch. Schau dir das hier alles mal an, das ist wirklich unglaublich. Hier ist ein Pentagramm, ein uraltes heidnisches Symbol, das oft mit dem Teufel selbst in Verbindung gebracht wird. Es symbolisiert die vier Elemente Feuer, Wasser, Luft und Erde. Die fünfte, nach oben ragende Spitze, wurde später von der christlichen Kirche in den alles überragenden heiligen Geist umgedeutet. Oder hier," Julia wies auf eine andere Säule „der Fenriswolf aus der nordischen Mythologie. Er war das erste Kind des Gottes Loki und der Riesin Angrboda. Hier ist auch die Midgardschlange, auch sie wurde von Loki mit der Riesin Angrboda gezeugt und gehört damit zu den drei alten germanischen Weltfeinden."

David war tief beeindruckt. „Warum haben die alten Baumeister all diese heidnischen Symbole hier verewigt? In einer christlichen Krypta. Wichtig ist auch die Frage, warum haben diese nordisch heidnischen Symbole die ganzen Zeiten überdauert und wurden nicht von christlichen Eiferern in irgendeinem der nachfolgenden Jahrhunderte entfernt oder zumindest überdeckt? Und dabei darf man die eigentlich wichtigste Frage nicht vergessen, wovor musste man sich in der Kirche schützen, dass man die alten Götter bemühte und hier beließ?"

„Vielleicht glaubte man damals, dass man diese vielen verschiedenen und uralten Auswirkungen der Ley-Linien, die Frau Nordmann beschrieben hatte, nur durch ebenso alte Götter bändigen könne." Julia fuhr fasziniert mit ihrer Hand über ein kleines Geistergesicht, das hinter einem Pentagramm mit seinen kleinen hohlen Augen hervorblickte.

„Wenn ich mit unserer St. Ansgarii Artikelserie durch bin, muss ich unbedingt etwas Ausführliches zu diesen vielen heidnischen Symbolen in christlichen Kirchen schreiben. Das scheint so weit verbreitet und doch so unbekannt zu sein."

Julia blickte wieder auf ihr Telefon. „Hier wird leider gleich geschlossen, wir sollten uns langsam wieder auf den Weg nach draußen machen."

„Hilft ja wohl nichts. Komm, wir gehen jetzt zum Auto und dann fahre ich uns erstmal wieder zu unserem Hotel."

„Hast du irgendetwas für uns zum Abendessen geplant?"

„Schräg gegenüber vom Hotel habe ich gestern eine kleine Pizzeria gesehen, lass uns nachher einfach dorthin gehen. Dann muss ich nicht fahren und kann auch mal etwas trinken. Und der Rückweg ist auch nicht so lang."

„Pizza geht immer."

Die riesige Domtür wurde direkt hinter ihnen geschlossen. Sie gingen beeindruckt und grübelnd die zehn Stufen hinunter. Solch unerwartete Entwicklungen ergaben sich in der Regel nur selten bei ihren sonstigen Recherchen.

„Ich würde es gerne nochmal versuchen, mich mit Adolf Drees persönlich zu treffen. Er hatte am Telefon ja auch von diesen seltsamen Kraftlinien gesprochen. Vielleicht weiß er dann auch etwas über diese alte heidnische Symbolik zur Bannung der Auswirkungen der Ley-Linien."

David nickte zustimmend: „Eine sehr gute Idee, meistens verfügen gerade alte Handwerker über erstaunliche Wissensschätze. In vielen Familienbetrieben sammelt sich über Generationen so einiges an."

Sie gingen gedankenversunken und schweigend zum Parkhaus. David ließ seinen BMW geschmeidig über die schmalen Rampen von Etage zu Etage nach unten zum Ausgang gleiten.

„Alle Parkhäuser in Deutschland sind unglaublich eng gebaut. Wer hat sich so einen Mist bloß ausgedacht. Hier fahren doch nicht nur Kabinenroller." grummelte er vor sich hin.

Nach zehn Minuten durch nur mäßigen Stadtverkehr waren sie bereits wieder bei ihrem Hotel angekommen. David stellte den Wagen auf dem geschotterten Parkplatz im hinteren Bereich des sehr gepflegten Grundstücks ab.

In die Hotellobby führte der kurze Weg über ein paar Stufen des Seiteneingangs.

„Wollen wir uns hier wieder in gut einer Stunde treffen und dann rüber zum Italiener gehen? Jetzt ist es kurz vor sechs."

Julia nickte: „Sehr gut, dann kann ich auch nochmal kurz die Beine lang machen. War doch ein ziemlich langer Tag."

„Willkommen in meiner Welt."

„Har, har, har…, ich meinte das eher auf Inhalte und Gespräche bezogen. Ansonsten bin ich fit wie ein Turnschuh, alter Mann."

„Natürlich." grinste David.

29

Der Mann saß in einem dieser altmodischen Ohrensessel. Er hatte eine wärmende Decke über seine wieder einmal schmerzenden Knie gelegt. Alt werden war nichts für Feiglinge.

Es gefiel ihm gar nicht, wie sich die Geschichte um St. Ansgarii entwickelte. Ganz und gar nicht.

Erst taucht völlig aus dem Nichts jemand auf und gründet sogar einen Verein, der die St. Ansgarii Kirche wieder aufbauen soll. Niemand hatte ihn wirklich darum gebeten oder ihn gerufen. Was hatte diesen Menschen dazu angetrieben? Die Kirche war nunmehr seit über einem halben Jahrhundert aus dem Stadtbild verschwunden. Inzwischen waren mehrere Generationen neuer Bremer Bürger geboren und zugezogen, die durch die Obernstraße gingen und nichts von der damaligen Kirche wussten.

Sie gingen ohne besondere Achtsamkeit über den Ansgarikirchhof, wie über jeden anderen Platz in der Innenstadt. St. Ansgarii, niemand assoziierte mehr ein innerstädtisches Gotteshaus mit diesem Namen. Die St. Ansgarii Kirche stand doch im Stadtteil Schwachhausen. Der überflüssige Wiederaufbauverein hätte gut wieder in der Versenkung verschwinden können, aus der er so plötzlich und unerwartet aufgetaucht war.

Dann waren da auch noch diese beiden lästigen Journalisten. Eine Artikelserie wollten sie schreiben, um dann auch noch Spenden für den Wiederaufbau zu sammeln.

Wer hatte sie überhaupt geschickt? Wie kommen Amerikaner auf die abstruse Idee, sich an einem

Kirchenwiederaufbau in Deutschland beteiligen zu wollen? Was für ein Wahnsinn trieb sie an.

Vor zwanzig Jahren war es völlig still um die ehemalige Kirche, da gab es Hoffnung, dass das große Finale in den nächsten zehn oder fünfzehn Jahren stattfinden würde. Ungestört und unaufhaltsam. Nun hatte es sich doch länger hingezogen als gehofft, aber der Mann spürte, dass der große Tag jetzt kurz bevorstand. Er spürte die eingezwängte überbordende Kraft unter ihm bei nahezu jedem Schritt, den er in der Innenstadt machte.

Es durfte jetzt keine Störungen mehr geben, sonst würde er das Ereignis nicht mehr miterleben können. Er musste sich um diese beiden Journalisten kümmern. Wenn sie keine Spenden sammeln konnten, würde der Wiederaufbauverein niemals genügend Mittel für die Umsetzung seines Wiederaufbauplanes zusammen bekommen.

Ja, jetzt mussten Fakten geschaffen werden bevor es zu spät war.

30

David und Julia hatten am Abend ein ausgezeichnetes piemontesisches Menü in dem kleinen italienischen Restaurant schräg gegenüber von ihrem Hotel bekommen. Beide merkten jedoch schnell, dass die Informationsflut des Tages im Zusammenspiel mit zwei Flaschen hervorragenden Rotweines ihren Tribut forderte. Daher machten sie sich gleich nach dem Espresso auf den Weg zurück in ihr Hotel und gingen dort direkt auf ihre Zimmer.

Als Julia gegen 8:30 Uhr den edel gestalteten Frühstücksraum betrat, war ihr die Müdigkeit wieder einmal noch deutlich anzusehen. David hatte bereits mit Eiern, Speck und zwei Brötchen seine Mahlzeit abgeschlossen und genoss ein Kännchen sehr hochwertigen Oolong Tee während er die lokale Presse studierte.

„Kann man gegen deine schon lästige senile Bettflucht wirklich gar nichts tun? Ich meine medizinisch in einer geriatrischen Reha oder so." Julia grinste David herausfordernd an.

„Irgendwann bist auch du soweit, die Zeit am Morgen genießen zu können, in der du einfach Ruhe hast und dich niemand sinnlos volltextet."

„Ich texte dich sinnlos voll?"

„Warum beziehst du das jetzt auf dich?"

„Sonst redete jawohl gerade niemand"

„Wenn du das so sagst."

„Böser alter Mann."

„Für das kleine Mädchen hier bitte nur einen Becher Kakao und ein kleines Rosinenbrötchen." rief David grinsend dem irritierten Hotelinhaber zu, der sich gerade bei Julia nach ihrem Getränkewunsch erkundigen wollte.

„Lassen Sie die Kanne Kaffee doch bitte gleich hier." bat Julia den jetzt völlig emotionslos blickenden Hoteleigentümer.

„Wie sieht unsere Planung für heute aus?" Julia hatte die ersten Schlucke Kaffee zu sich genommen und blühte jetzt spürbar auf.

„Heute Nachmittag haben wir noch das Interview mit Ronald Hilbers vom St. Ansgarii Wiederaufbauverein. Ansonsten dachte ich, machen wir nochmal einen Gang durch die Innenstadt und du machst Fotos von den aktuellen Örtlichkeiten. Wir benötigen noch ein paar gute Fotos für die Illustration."

„Alles klar, dann nehme ich nachher meine gute Kamera mit."

„Sehr schön. So eine Artikelserie lebt ganz besonders von der hohen Qualität des Bildmaterials. Viele Amerikaner gehen das Thema sicherlich zunächst visuell an."

„Sie schauen lieber ein paar Bilder an, als lange Texte zu lesen?"

„So formuliert klingt es jetzt etwas verletzend, ist inhaltlich aber leider nicht ganz falsch. Das deckt sich aber noch nicht mit dem Text-Bild-Verhältnis von den großen deutschen Boulevardblättern."

Davids Telefon summte leise neben seinem Frühstücksteller. „Shriner, guten Morgen. Oh, Herr Drees, wie schön von Ihnen zu hören. Was kann ich für Sie tun?"

Er notierte sich eine Adresse auf einem bereitliegenden Schreibblock. „Alles klar, ich denke wir sind so gegen 11:00 Uhr dort. Oder ist Ihnen das zu spät. Nein, dann ist's gut. Bis nachher. Ich freue mich."

Julia schaute David mit fragenden Augen an als er aufgelegt hatte.

„Das war der alte Herr Drees. Er hat wohl noch ein paar weitere Informationen für uns gefunden und möchte sich heute mit uns in der Stadt treffen. Gegen 11:00 Uhr hinter dem Amtsgerichtsgebäude in der Komturstraße."

„Klingt ja spannend. Und passt vor allem auch hervorragend in unseren heutigen Zeitplan. Für die Fotos werde ich eh kaum eine ganze Stunde benötigen. In der Bremer Innenstadt liegt sowieso alles dicht zusammen."

„Er hat mir jetzt leider nicht gesagt, worum es im Detail geht, meinte aber, dass es für uns sehr spannend werden dürfte. Es geht wohl ausgerechnet um nähere Informationen zu den heidnischen Symboliken an Bremer Kirchen. Manchmal muss man nur dasitzen, lecker frühstücken und die neuen Informationen strömen einfach auf einen zu. Warum geht das nicht bei jeder Recherche so einfach?"

„Ich esse eben mein Frühstück auf, dann können wir gleich los."

„Lang kräftig zu, im Wachstum benötigt man besonders viel Energie. Vielleicht doch einen Kakao? Ein kleines Rosinenbrötchen mit Nuss-Nougat Creme vielleicht?"

„Pfffth."

Kurz nach 9:00 Uhr waren sie bereits auf dem Weg in die Innenstadt, wo David unter dem Ausstoß leiser Flüche die schmalen Rampen eines Parkhauses durchfuhr.

„Ich bin so gespannt, was der alte Herr Drees uns zeigen will. Immerhin ist er ein echter Zeitzeuge des Wiederaufbaues der Stadt. Davon gibt es nicht mehr viele." überlegte David, als er einen Parkplatz gefunden hatte, der ihm genehm schien und vor allem breit genug war.

„Immerhin lernen wir ihn dann auch endlich mal persönlich kennen und ich kann gleich ein paar Fotos von ihm machen."

„Gute Idee." David öffnete den Kofferraum „Hier deine Kameraausrüstung."

„Vielen Dank. Wohin wollen wir als erstes?" Julia hängte sich die große Tasche sorgfältig über die Schulter.

„Lass uns am besten an dem alten Standort der St. Ansgarii Kirche anfangen. Dann arbeiten wir uns in Richtung Marktplatz und Liebfrauen Kirche vor. Zum Schluss gehen wir nochmal in die Ostkrypta des Doms. Dann sind wir auch schon fast am Treffpunkt an der Komturstraße angekommen."

„Na denn mal los." Julia steuerte zielsicher die rote Ausgangstür an.

Nach einem kurzen entspannten Gang durch die Fußgängerzone der Obernstraße, erreichten sie auch schon den St. Ansgari Kirchhof. Julia begann den Platz aus allen möglichen Blickwinkeln zu fotografieren, während David sich umschaute und nach ausgefallenen Foto-Positionen und Motiven suchte. Vielleicht gab es ja doch noch irgendein altes Relikt, das ihnen bisher entgangen war.

„Julia, schau mal hier. Könntest du diese Platte bitte auch ablichten." David zeigte auf eine in das Pflaster eingelassene Metallplatte mit erhabenen Buchstaben. Die Aufschrift auf der Platte lautete:

Der Gauß'sche Punkt
20m östlich dieser Stelle stand bis 1944 der Kirchturm der Ansgarikirche. Die Kirchturmspitze war zentraler Punkt der ersten Bremer Landesvermessung von 1797.

Carl Friedrich Gauß beobachtete im Jahre 1824 auf dem Ansgarikirchturm Richtungswinkel für die hannoversche Gradmessung und zur Bestimmung der Figur der Erde.

Julia machte mehrere Aufnahmen aus jeder möglichen Richtung.

Plötzlich hielt sie inne: „Sag mal, spürst du das auch? Als ob da irgendetwas unter uns rauscht, wie eine U-Bahn, die da lang fährt."

„Eine U-Bahn in Bremen wäre nicht schlecht, dann könnte man viel entspannter durch die Fußgängerzone laufen, ohne Angst, dass einem gleich eine Straßenbahn ins Kreuz fährt."

„Quatsch. Komm doch mal her, es ist hier ganz klar zu spüren."

David ging zu Julia und stellte sich direkt neben sie. „Ich spüre absolut nichts. Bist du dir sicher, dass da was ist? Vielleicht ist es auch nur ein größerer Abwasserkanal."

„Das ist kein Abwasserkanal, dass ist tatsächlich so, als ob eine endlose U-Bahn dauernd unter uns fährt und nicht endet. Das musst du doch auch spüren."

„Ich spüre da wirklich gar nichts." David versuchte krampfhaft irgendetwas zu hören oder Vibrationen zu erkennen. „Da bist du wohl etwas sensibler als ich." grinste er.

„Das ist echt eigenartig, ich habe keine Idee, was so etwas auslösen könnte. Ich spüre das nur hier um die Metallplatte herum."

„Komm, lass uns hier fertig werden. Wir müssen noch ein paar andere Locations besuchen. Wäre schön, wenn wir das vor 11:00 Uhr alles noch hinbekommen könnten."

„Okay. Ich denke hier habe ich alles von Interesse abgemischt Was soll man auch an einem Ort fotografieren, wo die eigentliche Kirche gar nicht mehr steht? Nach dem Motto: Was sehen Sie auf diesen Fotos nicht? Wollen wir jetzt weiter zur Liebfrauenkirche gehen?"

„Ja genau. Mache auf dem Weg doch bitte noch ein paar Bilder von der Fußgängerzone und der Vorderseite von dem Gebäude dort. Ich glaube, das muss abgerissen werden, wenn die Kirche an gleicher Stelle wieder aufgebaut werden soll."

„Das sieht eh schon halb entmietet aus, schau mal zu den Fenstern dort oben."

„Stimmt. Das ist ein Problem vieler moderner Innenstädte, die Mieten sind viel zu hoch und anständig parken kann man auch nicht."

„Auf die simple Idee mit öffentlichen Verkehrsmitteln in eine Stadt zu fahren kommt man als Amerikaner wohl nicht."

„Nope, das wäre ja schon fast Kommunismus, mich dazu zu zwingen. Ich möchte immer noch selbst entscheiden, womit ich mich bewege." David grinste. Er wusste genau wie man Klischees bediente.

Kurz vor dem Marktplatz bogen sie von der Obernstraße nach links auf den Liebfrauenkirchhof. Julia zückte ihre Kamera und begann die Kirche zu fotografieren während sie auf den alten Kircheneingang zusteuerten.

„Die Eule und die Fledermaus fallen eigentlich kaum auf, wenn man sie nicht wirklich sucht. Man kann sie für ganz normale Schmuckelemente halten." David ließ seinen Blick über die Kirchenfassade streifen.

„Alte Symbolik fällt oft erst dann wirklich ins Auge, wenn man sie zu deuten weiß, wenn man die dahinter liegende Symbolik versteht. Vorher gehen viele Elemente einfach in der Ornamentik der Kirchenfassade unter."

„Das ist wohl so, reine Schmuckelemente fallen nicht auf, sie sind einfach ein unbedeutender aber passender Teil des Gesamteindrucks."

Julia steuerte David zielgerichtet zur Nordseite der Liebfrauenkirche. „Schau dir doch mal diese Seite der Fassade genau an. Fällt dir irgendetwas besonderes daran auf?"

David schaute auf die Fassade: „Die drei goldenen Ringe über der Tür dort? Vielleicht ein Symbol für die Dreifaltigkeit."

„Nein, viel weltlicher. Schau doch mal zu dem alten Kellereingang dort drüben." Julia zeigte auf einen niedrigen halbrunden, mit zwei Holztüren versehenen Kellereingang.

„Ich sehe da nichts wirklich besonderes."

„Siehst du nicht die weißen Farbreste, den Pfeil hin zum Eingang?"

„Jetzt, wo du es sagst. Da kann man wirklich die Reste eines weißen Pfeils erkennen."

„Im Zweiten Weltkrieg wäre dieses Symbol für dich überlebenswichtig gewesen. Diese weißen Pfeile waren überall an den Eingängen zu öffentlichen Luftschutzräumen angebracht. Wenn die Luftschutzsirenen losgingen war es extrem wichtig, dass du so schnell wie möglich einen Schutzraum aufgesucht hast, du musstest nur nach einem solchen Pfeil Ausschau halten. Heute sind sie verblasst oder übergemalt und sagen den daran vorbeigehenden Menschen nichts mehr."

David war sichtlich beeindruckt von dieser Demonstration. „Wenn man das Symbol nicht kennt, fällt es nicht auf, es hat keine Symbolkraft für den Unwissenden. Sehr cool."

Julia grinste fröhlich. David wusste, dass man sie bei historischen Themen niemals unterschätzen durfte.

Nachdem auch Fledermaus und Eule aus allen möglichen Positionen abgelichtet waren, ging es weiter zum Dom.

31

Friederike saß auf einem ziemlich harten Stuhl. Der Raum, in dem dieser Stuhl stand, war in schummeriges Licht getaucht und ihre Arme und Beine waren augenscheinlich an diesen Stuhl gefesselt. Bewegen konnte sie sich jeden falls nur sehr eingeschränkt. Mehr Eindrücke konnte sie momentan nicht verarbeiten.

Offensichtlich war vorhin alles sehr schnell und vor allem völlig unerwartet passiert. Aber was genau war eigentlich passiert. Sie quälte ihr Hirn, um sich an irgendwelche Einzelheiten zu erinnern. Die Bilder kamen nur bruchstückhaft vor ihr geistiges Auge.

Sie war morgens wie immer mit der Straßenbahn zur Haltestelle Domsheide gefahren, um von dort aus zur Stadtbibliothek zu gehen. Und dann?

War da wieder der ältere Herr, der schon so plötzlich bei ihren Schallmessungen in der Bibliothek aufgetaucht war? Ja genau, langsam klärte sich das Dunkel. Kurz vor dem Personaleingang hatte sie der ältere Herr angesprochen. Was hatte er gewollt? Sie versuchte sich die Szene wieder zu vergegenwärtigen.

Er wollte ihr eine Erklärung für die Angstzustände im zweiten Stock der Bibliothek bieten. Sie hatten eine Weile miteinander gesprochen, dann verblasste die Erinnerung. Oder wurde sie mitten im Gespräch mit dem Mann von hinten gegriffen und festgehalten? Alles war so unklar.

Aber irgendwie muss sie ja hierhergekommen sein. Sie blickte sich ängstlich um.

Wände aus unverputzten roten Backsteinen. Etwas weiter vor ihr ein kleiner Tisch. Das Licht kam von einer gedimmten Lampe an der gewölbten Decke des Raumes.

Waren da nicht Geräusche links an der Wand? Was lag dort, irgendein dunkler Haufen. In der Stille des Raumes meinte sie Atemgeräusche wahrzunehmen.

Ihr schlug plötzlich das Herz bis zum Hals. Da bewegte sich doch etwas.

32

„Eigentlich gehören diese ganzen Geschichten mit der heidnischen Symbolik in den Bremer Kirchen ja nicht zur originären Artikelserie, aber ich finde das so unglaublich spannend, dass ich es irgendwie mit einbauen muss. Frau Nordmann hatte da ja einen Zusammenhang aller Kirchen konstruiert. Ich fürchte nur, dass ich die Leser mit diesen Informationen überfordern könnte." überlegte David.

„Das ist wirklich schon etwas Besonderes. Nicht zu vergessen, die Kirchenfundamente aus diesem besonders quarzhaltigen Gestein. Da bekommst du dann vielleicht auch einen weiteren Zusammenhang mit St. Ansgarii, denn dort war ja auch der gesamte Turm aus diesem Gestein errichtet worden. Wobei wir keine detaillierten Informationen zu den Hintergründen dieser Baumaterialwahl haben."

„Stimmt. Das bringt aber leider auch keinen weiteren Zusammenhang zur heidnischen Symbolik. Wenn wir nur wüssten, ob auch in oder an der St. Ansgarii Kirche irgendwo solche geheimnisvolle Symbolik zu finden war."

„Ich könnte ja beim Landesamt für Denkmalpflege oder beim Staatsarchiv nach altem Bildmaterial schauen. Während des Krieges wurden Kulturschätze oft sehr aufwendig fotografisch dokumentiert, für den Fall, dass sie im Krieg beschädigt würden. Solche Fotos wirst du eh für deine Artikel benötigen."

„Gute Idee, vielleicht schaffen wir das auch noch heute Nachmittag."

Sie hatten erneut die zehn Stufen zum Eingang des Doms erreicht, gingen durch die geöffnete rechte Kirchentür und bewegten sich dann zielsicher in Richtung Ostkrypta.

Auf den Kirchenbänken im Inneren des Doms saß nur ein dunkel gekleideter älterer Mann, der nicht weiter auffiel und in innerer Einkehr zu Boden schaute.

So wenig besucht wie der Dom selbst, war auch die Ostkrypta.

Julia nutzte die Gelegenheit niemanden mit ihren Kamerageräuschen zu stören und knipste gleich drauf los. „Das ist immer wieder faszinierend. Die heidnischen Symbole fokussieren sich primär auf die Säulen am Altar. David, schau mal, hier ist auch alte Pflanzenornamentik."

„Tja, welchen Grund hatten die Baumeister vor fast 1.000 Jahren auf diese heidnisch/germanische Symbolik zurück zu greifen? Was wollten sie damit beschützen, was die christliche Symbolik offensichtlich nicht konnte? Oder besser, vor was, wollten sie sich beschützen?"

Nach gut 20 Minuten hatten sie alle Säulen, sowie die darauf befindlichen Symbole aus jeder möglichen Richtung abgelichtet und verließen wieder leise den Raum. Beim Hinausgehen hielten sie in einer Ecke des Seitenschiffes kurz inne. David steckte einen Fünfeuroschein in den Schlitz des dort bereitstehenden Holzkastens. Dann zündeten David und Julia jeweils eine der in einem grauen Pappkarton bereitgestellten Kerzen an. Nachdem sie die Kerzen auf dem hierfür vorgesehenen ringförmigen Halter abgestellt hatten, hielten sie kurz inne und gingen dann weiter, schweigend in Richtung des Ausgangs.

David schaute auf seine Uhr. „Wir sind zwar noch etwas früh dran, könnten uns aber schon langsam auf den Weg in die Komturstraße machen."

„Okay, ich bin wirklich gespannt, was der alte Herr Drees noch für uns an Informationen gefunden hat. Vielleicht ist er ja auch schon etwas eher da."

„Stimmt. Also los."

Auf halbem Weg zum Treffpunkt deutete Julia auf die Wand an einer Toreinfahrt des Landgerichtsgebäudes. „Schau dort mal genau hin, noch so ein weißer Pfeil. Irgendwo hier in der Einfahrt ging es im Krieg zu einem Luftschutzbunker."

„Wenn man darauf achtet, findet man unbekannte Symbolik fast überall um uns herum. Sehr aufmerksam junge Frau."

Julia grinste.

Etwas später überquerten sie die Straße und gingen an der Gaststätte „Kommende" vorbei.

„Ich habe schon gemutmaßt, dass der Wirt lieber kommende, als gehende Gäste sieht. Was für ein interessanter Name." David blieb vor dem Gebäude stehen.

„Ich glaube, da muss ich dir die fantasievollen Illusionen nehmen."

„Oh no, ist es doch irgendetwas ganz profanes? Die deutsche Sprache ist ja immer wieder eine Spielwiese bizarrer doppeldeutiger Worte."

„Bei einer Kommende liegt die Betonung auf der zweiten Silbe. Das Wort kommt aus dem Lateinischen und bedeutet so viel wie ‚anvertrauen‘. Als Kommende wurden im Mittelalter die wichtigsten Stützpunkte des Deutschen Ritterordens bezeichnet."

David überlegte kurz „Ich dachte bisher, der Deutsche Ritterorden war in Ostpreußen und im Baltikum tätig. Was sucht dann diese Bezeichnung hier in einer alten Hansestadt?"

„Der Deutsche Ritterorden war ein Mitglied der Hanse, obwohl dort ansonsten nur Städte Mitglied werden konnten. Diese Mitgliedschaft war für die Hanse etwas Einzigartiges."

„Dann macht diese Kommende in einer der wichtigsten Hansestädte ja wohl doch Sinn. Siehste, wieder etwas gelernt."

Die Komturstraße war jetzt nur noch wenige Meter entfernt. Sie war eine schmale Einbahnstraße, in die auch wirklich nur ein Auto passte.

Sie bogen in die Straße und schauten sich um.

33

Ute Plander fühlte einen flüchtigen Moment voll wohliger Entspannung. Sie war Müde und versuchte sich an einen bizarren Traum zu erinnern, der sich gerade in ihrem Kopf abgespielt hatte.

Die Erinnerungen kamen nur bruchstückhaft in ihr Bewusstsein. Sie hatte sich mit Herrn Drees getroffen und ausgiebig über das leuchtende Phänomen in der Krankenkassenkantine gesprochen. Er konnte ihr viel über Rutengängerei, Wasseradern, Erdstrahlen und Ley-Linien berichten. Das Thema war so faszinierend, dass sie bestimmt mehrere Stunden im Büro des Brunnenbauers verbracht hatten. Innerlich war sie bereits fest entschlossen, selbst zu lernen, eine Wünschelrute sachgerecht zu benutzen.

Innere Zufriedenheit überkam sie. Was für eine herrliche Perspektive. Heraus aus dem blöden Einheitstrott des Büros, hinaus zu den Menschen, denen sie durch Rutengängerei zu einem besseren Leben verhelfen könnte. Guter Schlaf und gute Gesundheit wurden durch die unterschiedlichen Strahlungen aus dem Boden maßgeblich beeinflusst, hatte sie von Herrn Drees gelernt.

Der Rest des Tages gehörte offensichtlich nicht mehr zu ihrer Erinnerungswelt. Sie konnte sich noch erinnern, zu ihrem Auto gegangen zu sein. Allein, der Heimweg war weg. Wie sie dann hier in ihr Bett gekommen war und was sie vorher gemacht hatte, entzog sich hartnäckig ihrem Gedächtnis.

Je weiter sie wach wurde, umso weniger stimmte ihr Umfeld. Die Decke war nur eine dünne Wolldecke, nicht ihr fluffiges Federbett und auch mit ihrer Matratze schien irgendetwas nicht in Ordnung zu sein. Sie war weder plan, noch wirklich weich.

Auch konnte sie sich nicht richtig bewegen. Hatte sie so seltsam gelegen, dass ihr Arm eingeschlafen war? Oder sogar gleich beide Arme?

Plötzlich wurde ihr Bewusst, sie war gefesselt. Die Arme auf den Rücken und offensichtlich auch ihre Beine, die sie kaum hin oder her bewegen konnte. Sie versuchte instinktiv, ihre Gliedmaßen aus den Verschnürungen zu befreien. Ohne jedweden Erfolg.

34

David und Julia gingen weiter in die Komturstraße hinein. Die Straße war nicht besonders lang, so dass sie bereits nach knapp 100 Metern fast die Hälfte abgegangen waren. Beide schauten sich suchend um. Rechts und links standen nur mehrstöckige Neubauten aus den 1960ern und zum Teil auch aus den 1990ern. Insgesamt ein sehr unspektakulärer Anblick.

An einem modernen Gebäude aus den 1990ern, mit Arkaden stand ein älterer Herr, der jetzt zielsicher auf die beiden zuging.

„Frau Mindermann, Herr Shriner?"

„Ja, das sind wir." David reichte ihm die Hand.

„Wenn Sie erlauben, Ladies first." Der ältere Herr lächelte verbindlich und drückte zunächst die Hand von Julia.

„Guten Tag Herr Drees, schön, dass Sie heute noch Zeit für uns haben." Julia blickte lächelnd in sein vom Alter zerfurchtes Gesicht. „Kann es sein, dass wir uns schon einmal gesehen haben?"

Herr Drees lächelte zurück: „Daran würde ich mich doch wohl unbedingt erinnern können."

David brachte sich in Erinnerung: „Guten Tag Herr Drees, es ist mir eine Freude."

„Mir auch, Herr Shriner, mir auch."

Julia überlegte noch immer, wo sie dieses Gesicht bereits gesehen hatte. Oder war einfach nur die Familienähnlichkeit mit seinem Sohn Werner so groß? Es wollte ihr einfach nicht einfallen. Sie hatte in den vergangenen Tagen viel zu viele neue Menschen getroffen.

„Aber lassen Sie uns doch hineingehen, wir müssen ja nicht hier mitten auf der Straße miteinander sprechen." Adolf Drees zeigte in Richtung der Arkaden wo er eben gestanden hatte. Dort ging er zu einer grauen Metalltür, die nach einem Zugang zu einem Technikraum oder nach einem Notausgang aussah.

„Ich darf eben vorgehen. Bitte passen Sie auf, hier links gehen wir gleich eine alte Treppe hinunter. Die Stufen sind leider etwas steil." Herr Drees hatte die Tür aufgeschlossen und ging voran in einen spärlich beleuchteten Gang. Gleich links befand sich die alte Treppe.

Am unteren Ende befand sich eine weitere Metalltür, hinter der ein eher trübes Licht schien. David und Julia schauten sich fragend an, gingen aber weiter Adolf Drees hinterher in den Raum hinein.

Der Raum, den sie jetzt betraten, schien eine Art alte Kapelle oder Krypta zu sein. Die Wände bestanden aus einfachen roten Ziegeln, die Decke war mit eben diesen Ziegeln gewölbt. An der linken Seite lenkte ein achteckiges aus Stein gehauenes Taufbecken die Blicke auf sich, rechts standen einige ältere Stühle und Bänke. Das trübe Licht kam von mehreren Wandleuchten, in denen sich offensichtlich Glühbirnen mit maximal 10 Watt erfolglos bemühten ausreichend Licht ins Dunkel zu bringen.

„Oh, bitte, nehmen Sie doch Platz." Adolf Drees wies auf die Stühle und Bänke. „Sie werden zunächst sicherlich einige Fragen zu diesen Räumlichkeiten haben."

„Das sieht ja aus wie eine Kapelle." Julia schaute sich interessiert um.

„Ja, da haben Sie fast recht. Sie befinden sich tatsächlich auf geweihter Erde. Dies sind Teile der Unterkirche von St. Elisabeth, der alten Kirche des Deutschen Ritterordens in Bremen."

„Mir war bisher nicht klar, dass noch irgendetwas von dieser Ordenskirche erhalten geblieben ist. Sehr spannend."

"Daher stammt auch der Gaststättenname Kommende, vorne um die Ecke." warf David ein.

„Genau. Auch das Lokal ist in Teilen der ehemaligen Unterkirche eingerichtet worden. Es liegt nur wenige Meter von uns entfernt in dieser Richtung." Adolf Drees wies auf eine Wand. „Nach dem Krieg wurden die eh nur noch spärlich erhaltenen Überreste der Kirche oberirdisch entfernt und es blieb nur noch diese Unterkirche erhalten. In einem Teil wurde ein historisches Lokal eingerichtet, die weiteren nicht von der Gastronomie genutzten Räume dienten jahrelang als Keller und Lagerräume. Kaum jemandem war damals bewusst, dass auch sie Teile der alten Unterkirche waren. Als dann vor gut zwanzig Jahren das neue Gebäude über uns gebaut wurde, hat man diese alten Gewölbe erhalten. Ich nutzte die Gelegenheit und habe die Räume käuflich erworben."

„Ihnen gehören wirklich Teile einer uralten Ordenskirche, das ist faszinierend." David war sichtlich beeindruckt.

„Das ist eigentlich ziemlich unspektakulär, es ist wie mit allen anderen Kellerräumen auch, wenig Licht und schlechte Belüftung. Gott sei Dank, kann ich meinen benötigten Strom von der Gastronomie nebenan beziehen und auch deren Sanitäreinrichtungen darf ich von hier aus benutzen. Da gibt es einen direkten Zugang. Aber wir wollen ja nicht über irgendwelche alten Gewölbekeller sprechen, sondern über die St. Ansgarii Kirche."

„Stimmt. Sie gehörten damals zur Gruppe der wichtigsten Gegner eines möglichen Wiederaufbaues der Kirche." Bemerkte Julia. „Gibt es noch weitere Gründe, die Sie uns in unserem Gespräch am Telefon noch nicht genannt haben?"

„Die tatsächlichen Hintergründe sind nicht einfach zu verstehen, ich gehe aber davon aus, dass Sie inzwischen so viel zur bremischen Kirchengeschichte recherchiert haben, dass Sie auf einige Besonderheiten gestoßen sind."

„Meinen Sie die heidnische Symbolik an und in einigen Kirchen?"

„So ist es. Sie haben gleich den eigentlichen Punkt gefunden. Die besondere alte Symbolik, von der Ihnen keiner der modernen Kirchenhistoriker sagen kann, warum sie von den seinerzeitigen Baumeistern in den Gotteshäusern angebracht wurde."

„Aber was hat das jetzt mit der St. Ansgarii Kirche zu tun? Oder gab es dort irgendwo auch eine alte heidnische oder germanische Symbolik?" Julias Neugierde war geweckt.

„Ja, auch St. Ansgarii verfügte über entsprechende Symbole. Klein und versteckt an mehreren Punkten des Gebäudes. Aber nicht weniger kraftvoll als die im Dom befindlichen Zeichen."

„Kraftvoll?" fragten David und Julia fast gleichzeitig.

„Diese Zeichen sind dort nie ohne Grund angebracht worden. Was dachten Sie denn, dass es reine

Schmuckelemente waren? Sie hatten alle eine wichtige Funktion."

„Da bin ich jetzt aber wirklich gespannt." David hatte sein Tablett gezückt um sich Notizen zu machen.

„Die Gabe der Rutengängerei wird in unserer Familie bereits seit vielen hundert Jahren über die Generationen weitergegeben. Zusammen mit der reinen Technik werden auch immer Geschichten und altes Wissen an die Nachkommen weitergegeben. Diese heidnischen Symbole haben tatsächlich auch etwas damit zu tun." Adolf Drees machte eine kurze Pause und trank einen Schluck Wasser aus einer bereitstehenden Mineralwasserflasche.

„Möchten Sie auch etwas trinken?"

Julia und David verneinten.

„Wenn Sie zwischendurch doch etwas möchten, bedienen Sie sich einfach. Dort hinten auf dem Tisch stehen noch ein paar Flaschen und Gläser."

„Oh, vielen Dank. Nachher vielleicht. Es wird gerade interessant."

Adolf Drees lächelte vielsagend: "Durch die Rutengängerei können wir nicht nur Wasseradern oder andere Störungen wie Erdstrahlen in der Erde unter uns erkennen, besonders talentierte Rutengänger können auch Ley-Linien erspüren. Haben Sie davon schon etwas gehört?"

„Eine Frau Nordmann hat uns neulich darüber aufgeklärt." David war hochkonzentriert.

„Ja, Frau Nordmann. Den Namen kenne ich. Woher sie ihr Wissen zu diesen Linien hat, weiß ich allerdings nicht. Egal. Dann hat sie Ihnen sicherlich auch erzählt, dass Kirchen meistens an sogenannten Kraftorten stehen. Diese Orte konnten von erfahrenen

Rutengängern gefunden und auf diese Weise den Kirchen- und Dombaumeistern wertvolle Standorthinweise gegeben werden. Hier arbeiteten die Baumeister sehr eng mit den Rutengängern zusammen."

„Sie wollen sagen, bevor im Mittelalter oder davor irgendwo eine Kirche gebaut wurde, hat ein Rutengänger den besten Standort bestimmt? Ich dachte immer, man hat die Kirche in die Mitte des Dorfes gebaut." Julia war sichtlich überrascht.

„Glauben Sie es oder nicht, aber ohne die Rutengänger würde es vielen Kirchen an Ausstrahlung fehlen. Das kann man nur schwer in normale Worte fassen. Jedenfalls wurde die an sich nur eher schwache Kraft der Ley-Linien durch einen darüber errichteten Kirchenbau etwas verstärkt. Hierzu wurde von den Baumeistern besonders quarzhaltiges Gestein für das Fundament benutzt. Durch Verwendung dieses Gesteins wurde erreicht, dass die Ley-Linie eine kleine aber wichtige Abspaltung erfuhr. Das heißt, aus dem Kraftstrom wurde ein kleiner Teil umgelenkt. Die positiven Kräfte der Ley-Linien sind immer an Kreuzungen der Ströme oder solchen Teilungen am größten."

„Deswegen hat man in Kirchen meistens ein ganz besonderes Gefühl. Ist das richtig?" erkundigte sich Julia.

„Das war Sinn und Zweck der Verortung des Kirchenbaus und dieser besonderen Fundamentgestaltung. Allerdings muss man dabei beachten, es ist wie in der Medizin: Keine Wirkung ohne Nebenwirkung. Wenn durch die Bautätigkeit zu viel der Kraftlinie umgelenkt wurde, gab es tatsächlich so etwas wie Nebenwirkungen. Zum einen wollten die Baumeister eine möglichst große positive Kraft für ihr Bauwerk auslösen, zum anderen sind hierzu auch einige sehr bemerkenswerte Vorkommnisse überliefert. Auch hier konnte man sagen, die Regel ‚Viel hilft viel' ist keinesfalls richtig."

David nestelte an seinem Tablet: „Hier kommen gerade so viele für uns neuen Informationen, ich komme einfach nicht so schnell hinterher. Wären Sie damit einverstanden, wenn ich unser Gespräch einfach aufzeichne?"

„Damit? Aber natürlich, das ist überhaupt kein Problem."

„Vielen Dank. Dann erzählen Sie gerne weiter, das Tablet zeichnet das Gespräch auf. Was waren das für Nebenwirkungen, von denen Sie gerade sprachen? Sie gingen von den Kraftlinien aus?"

Adolf Drees lehnte sich mit einem leichten Lächeln auf den Lippen zurück: „Im Laufe der Jahrhunderte wurden viele seltsame Phänomene beschrieben oder von meinen Vorfahren dokumentiert. Nicht alle, aber doch viele, lassen sich offensichtlich auf diese Ley-Linienkrümmung zurückführen. Gesichert sind zum Beispiel räumlich klar begrenzte mittelstarke Energieentladungen, die viele Metalle bläulich aufleuchten lassen. Allerdings sind auch direkte Auswirkungen auf den Menschen und seine Psyche beschrieben, insbesondere extreme Angstzustände an bestimmten Orten."

„Also so etwas wie das Gegenteil der positiven Ausstrahlung in einer Kirche? Vergleichbar mit einem Gegenpol bei Magnetismus." David war hochkonzentriert bei der Sache.

„Ja, so könnte man es tatsächlich sehen. Hier in Bremen war das Problem jedoch ungleich größer, als bei so ein paar punktuellen Phänomenen. Aufgrund der sehr großen Dichte und der besonderen Anordnung der Kirchen, bildet sich aus den abgelenkten Kraftlinien ein Strudel unterhalb der Altstadt. Ein Strudel aus Ley-Linien. Ein Vorgang der in der Vergangenheit immer nur theoretisch beschrieben wurde."

Julia fasste nach: „Sie sagten, der Strudel bildet sich. Meinen Sie damit, dass er sich jetzt in diesem Moment unterhalb der Altstadt bewegt? Quasi direkt hier unter uns."

„Genauso ist es. Und er wird kontinuierlich stärker und stärker." Man merkte Adolf Drees an, wie aufgewühlt er innerlich war. Äußerlich versuchte er zwar eher entspannt zu wirken, aber dies gelang ihm nur unzureichend.

Unvermittelt wurde die Tür ins Treppenhaus aufgerissen. Alle am Tisch zuckten unwillkürlich zusammen. Werner Drees betrat den Raum, in der Hand eine Walther P.38 Pistole. „Warum hast du noch jemanden hierher mitgebracht?" Er war deutlich aufgeregt und warf einen giftigen Blick in Richtung seines Vaters.

„Sie standen sowieso kurz davor, alles heraus zu bekommen. Stell dir mal vor, was los wäre, wenn diese Schreiberlinge die ganze Geschichte veröffentlichen würden? Halte das Teil wenn's geht bitte nicht in meine Richtung."

David und Julia folgten dem Gespräch der beiden völlig überrumpelt.

„Frau Mindermann, holen Sie die Kabelbinder vom Tisch da drüben und fesseln Sie Ihrem Kollegen die Hände auf den Rücken." Werner Drees zeigte mit der Pistole auf ein kleines Schränkchen, auf dem einige schwarze Kabelbinder bereitlagen."

„Können sie uns vielleicht kurz erklären, was hier gerade passiert?" David blickte die Herren Drees abwechselnd an.

Werner Drees ergriff zuerst das Wort: „Mein Vater hat es Ihnen doch sicherlich erzählt. Die Kräfte des Strudels unter der Stadt sind bereits soweit angewachsen, dass Sie sich jetzt sehr kurzfristig ein neues Ventil suchen werden."

„Ein neues Ventil? Was ist denn mit dem alten passiert? Wenn es so etwas wie ein altes gab." David war wieder professioneller Journalist, obwohl Julia seine Hände auf dem Rücken mit einem großen Kabelbinder, so locker wie es unter Beobachtung möglich war, fixierte.

„Das alte, das wurde 1959 abgerissen, Herr Shriner." Adolf Drees übernahm wieder die Gesprächsführung. „Gib mir die Waffe Werner und fessle dann auch Frau Mindermann. Herr Shriner, bleiben Sie bitte genau dort neben Ihrem Stuhl stehen." Er fuchtelte mit der Waffe wie mit einem Zeigestock herum.

„Tun Sie ihr verdammt nochmal nicht weh. Was soll das Ganze hier überhaupt?" blaffte David Werner Drees an, der gerade begann, Julias Hände auf Ihrem Rücken mit einem der Kabelbinder zu fesseln.

Man merkte Adolf Drees an, dass er seine Geschichte einfach jemandem erzählen musste: „Wir werden zu gegebener Zeit sehen, was mit Ihnen passiert. Zunächst müssen wir sicherstellen, dass Sie den weiteren Fortgang nicht stören."

„Welchen verdammten weiteren Fortgang?" Julia versuchte ihre Hände zu bewegen.

„Wenn sich die Energien des Kraftlinien-Strudels ihre Bahn suchen, werden wir darauf vorbereitet sein, Frau Mindermann. Niemand weiß ganz genau, was dann passieren wird. Nur zwei Dinge sind überliefert. Es kann zu einem gewissen Maß an Zerstörung kommen und es wird ewiges Leben geben. Zerstörung und Leben, wie Licht und Dunkelheit kann das Eine nicht ohne das Andere existieren." Adolfs Drees sprudelte die Geschichte immer schneller über die Lippen. „Über viele Jahrhunderte hat die Kirche dafür gesorgt, dass die Kräfte einfach abgeleitet werden. Kraftlinien waren heidnisch, kamen aus der Erde. Man vermutete, sie kämen vom Teufel selbst, der sich unter der Stadt bewegte. Sie durften einfach nicht da sein."

„Was erzählen Sie da eigentlich für wirres Zeug?" David versuchte die Informationen zusammen zu fügen.

„Die St. Ansgarii Kirche war das Ventil im Strudel. Der Turm hatte die richtige Höhe um einen Sog nach oben zu erzeugen und er war, wie die Fundamente, aus besonderem quarzhaltigem Gestein, so dass er die überschüssigen Energien der in den Strudel gelangenden Kräfte kontinuierlich nach oben ableitete. Mit dem Einsturz des Turmes und dem Abriss der Ruine hatten die Kräfte keinen Ausweg mehr. Die Energien werden stärker und stärker, bis die Erde sich auftut und die von Menschen errichteten Störfelder vernichtet. Gleichzeitig werden als Gegenpol der Vernichtung

Kräfte des Guten freigesetzt und es wird ewiges Leben geben, für die, die darum wissen."

„Sie sind doch wahnsinnig. Selten habe ich so einen Blödsinn gehört."

„Wenn es Blödsinn ist, haben Sie ja wenig zu befürchten, Herr Shriner. Wenn es jedoch stimmt, werden Sie zusammen mit den Kirchen dieser Stadt untergehen. Mein Sohn und ich werden zugleich das ewige Leben gewinnen."

„Aber die Bremische Evangelische Kirche selbst wollte die St. Ansgarii Kirche doch nicht wieder aufbauen lassen."

„Was weiß denn die moderne Kirche noch von der Geschichte und dem Wissen ihrer Dombaumeister. Die haben heute doch alle keine Ahnung mehr von ihrer eigenen Geschichte. Man ist ja so modern. Schauen Sie sich doch die in den vergangenen Jahrzehnten neu gebauten Kirchen überall an, was haben die noch mit dem Wissen und den Talenten der alten Dombaumeister zu tun?"

„Eigentlich, kann all das, was mein Vater Ihnen gerade erzählt hat, Ihnen auch völlig gleichgültig sein. Sie werden keine Gelegenheit mehr bekommen jemanden zu warnen oder den Fortgang aufzuhalten. Gehen Sie hier hinein." Werner Drees hatte eine Tür zu einem schlecht beleuchteten Nebenraum geöffnet. Sein Vater winkte mit der Pistole David und Julia in Richtung des Raumes.

35

Die Tür wurde geöffnet und Friederike hörte Stimmen von mehreren Menschen. Da war auch die Stimme von Adolf Drees, der Mann, der sie hierhergebracht hatte.

Ein Mann und eine Frau mit auf dem Rücken gefesselten Händen wurden von dem alten Mann unter vorgehaltener Pistole in den Raum geführt. Sie nahmen weisungsgemäß auf zwei der bereitstehenden Stühle Platz.

„Ich bitte die Unannehmlichkeiten zu entschuldigen." rief Adolf Drees leicht zynisch in den Raum, dann wurde die Tür geschlossen. Der sich im Schloss drehende Schlüssel war deutlich quietschend zu vernehmen.

Es war einen Moment still.

Friederike war irgendwie froh, nicht mehr alleine in diesem unheimlichen Raum zu sein. Die anderen beiden schienen ihr Schicksal zu teilen: „Wissen Sie, was hier los ist?"

David versuchte einen beruhigenden Tonfall zu vermitteln: „Ich bin David und das ist meine Kollegin Julia. Wir sind Journalisten. Wer sind Sie, wie kommen Sie hierher?"

„Nennen sie mich einfach Friederike. Ich bin Mitarbeiterin der Stadtbibliothek Bremen. Der alte Herr Drees hat mich vor der Bibliothek abgefangen. Wie genau er mich hierhergebracht hat, weiß ich leider nicht mehr. Wissen Sie wo wir jetzt sind?"

Auch Julia hatte sich schnell wieder gefasst: „Wir sind ganz in der Nähe der Stadtbibliothek, in einem Keller an der Komtureistraße. Ist bei dir sonst alles Okay? Geht es dir gut?"

„Du meinst, außer dass ich hier gefesselt in einem Keller sitze? Na klar, alles gut. Könnte kaum besser sein."

„Weißt du, was der alte Drees von dir will?"

„Ich glaube, das hängt mit einem ziemlich schrägen Phänomen in der Bibliothek zusammen. Dort gibt es einen Ort, der Angst auslöst. Als mein Kollege Max und ich versucht haben, Näheres darüber heraus zu bekommen, tauchte auf einmal dieser Alte auf. Er gab mir seine Karte und bot mir eine Erklärung für die Angstzustände an. Er machte den Eindruck, als wüsste er ganz genau, was in der Bibliothek vor sich geht."

„Ein Ort der Angst auslöst. David, dass könnte einer dieser Orte sein, an denen diese ominösen Nebenwirkungen auftreten, von denen Adolf Drees gesprochen hatte."

„Klingt zumindest so."

Ein Rascheln und leises Stöhnen ließ die drei abrupt verstummen. Unter einem Haufen alter Decken bewegte sich etwas. David erhob sich etwas mühselig von seinem Stuhl und versuchte vorsichtig mit einem Fuß die Decken beiseite zu schieben.

„Wie es aussieht ist hier noch jemand." David hatte die Decken soweit zur Seite schieben können, dass der Kopf einer Frau sichtbar wurde. „Hallo, guten Morgen. Können Sie mich verstehen? Wie geht es Ihnen? Leider bin ich im wahrsten Sinne des Wortes etwas gehandicapt. Schaffen Sie es, sich selbst aufzurichten? Sind Sie auch gefesselt?"

Ute Plander versuchte sich zu orientieren. „Vielen Dank, die Luft wurde unter der Decke schon etwas knapp." Mit einigen Mühen schaffte sie es, sich in eine sitzende Position zu bringen. „Ich glaube, mir fehlt nichts. Ich heiße Ute Plander. Können Sie mir helfen? Ich bin tatsächlich gefesselt."

„Das sind wir leider alle. Ich bin David. Wollen wir versuchen, Sie auch auf einen Stuhl zu setzen?"

„Ich versuche mal, irgendwie hoch zu kommen. Gehen Sie bitte mal eben einen Schritt zur Seite. Das ist gar nicht so einfach."

David trat einen Schritt nach links. Ute Plander rollte sich auf den Bauch, zog die Knie an und stemmte ihren Oberkörper hoch. Noch etwas Mühe und sie stand auf ihren Füßen. Der Weg auf den Stuhl war dann nur noch ein Kinderspiel.

„Wer hätte gedacht, wozu all diese Yoga Kurse mal gut sein würden." versuchte sie schwer atmend zu scherzen.

Julia ergriff wieder die Initiative: „Hatten Sie sich auch mit Herrn Drees getroffen und sich dann irgendwie hier wiedergefunden?"

Ute versuchte ihre wenigen hinter einer Nebelwand verborgenen Erinnerungen zu ordnen: „Werner Drees und ich hatten über ein seltsames Phänomen im Gebäude unserer Krankenkasse gesprochen. Ich kann mich noch erinnern, dass ich irgendwann nach dem Gespräch wieder zu meinem Auto ging. Danach ist irgendwie alles weg."

„Klingt fast wie bei mir." warf Frederike mitleidig ein.

„Über was für ein Phänomen haben Sie im Detail mit Herrn Drees gesprochen?" David versuchte weitere Fäden zusammen zu bringen.

„In einer Ecke unserer Betriebskantine leuchteten Metallgegenstände bläulich auf, wenn sie auf dem Boden lagen. Werner Drees hat mir das Phänomen mit besonders starken Ley-Linien in dem besagten Bereich erklärt."

„Eine weitere der Nebenwirkungen, von denen der alte Dress gesprochen hat." Das Bild vervollständigte sich vor Davids Augen.

„Jetzt macht alles Sinn." David war die Aufregung deutlich anzusehen. „Die alten Dombaumeister haben mit ihren Kirchenbauten Ley-Linien gebeugt um diese positive Ausstrahlung in den Gebäuden zu erzeugen. Aufgrund der hohen Kirchendichte in der Bremer Altstadt hat sich irgendwann ein Strudel aus diesen Linien gebildet, der verschiedene Nebenwirkungen zutage brachte. Die Dombaumeister des 14. Jahrhunderts errichteten daher einen besonders hohen Turm aus quarzhaltigem Material um die Kräfte nach oben abzuleiten. Unterstützt wurden sie von der Kirchengemeinde, die solch offensichtlich teuflische Kräfte bannen wollte. Das erklärt auch die heidnische Bannsymbolik an manchen Kirchen, man hat alles versucht, die teuflischen Kräfte und Auswirkungen von der Stadt fern zu halten. Dies gelang letztlich mit dem Turm von St. Ansgarii"

Julia grätschte in seinen Redefluss hinein: „Als der Turm dann im Krieg einstürzte, wurden die Energien aus dem Strudel nicht mehr abgeleitet und wuchsen wieder kontinuierlich an. Der alte Drees und vielleicht auch einige Freunde von ihm wussten, dass diese Kräfte eines Tages plötzlich ausbrechen würden. Nach Studium von irgendwelchen historischen Überlieferungen gehen sie davon aus, dass sie das ewige Leben erlangen könnten, während alle Kirchen in der Altstadt zerstört werden würden. Das ist der Grund, warum diese Gruppe nach dem Krieg so vehement den Kirchenaufbau verhindern wollten. Um endgültig Tabularasa zu machen, hat man dann auch dafür gesorgt, auch die Ruine vollständig aus dem Blickfeld der Menschen verschwinden zu lassen."

„Genau, und wir alle hier im Raum, waren kurz davor, die Zusammenhänge oder zumindest wichtige Teile davon zu erkennen." David blickte in die Runde „Offensichtlich haben die Herren Drees Angst, dass wir mit unserem Wissen einen Weg finden würden die Kirchenzerstörung und das ewige Leben der Familie zu verhindern."

„Wenn ich die Ängste nicht selbst gespürt hätte, würde ich sagen sie spinnen total. Aber irgendwie macht das alles Sinn, was du gerade erzählt hast." überlegte Friederike.

Auch Ute Plander nickte nachdenklich: „Das passt alles haargenau zu dem, was Werner Drees mir in den vergangenen Tagen zu den Ley-Linien und ihren Kräften und Auswirkungen erzählt hat. Schließlich habe ich das bläuliche Leuchten auch selbst gesehen. Damit fing der ganze Mist hier ja an."

Nur wenige Kilometer entfernt registrierte die Erdbebenwarte der Universität Bremen erneut kleine aber deutlich messbare Erschütterungen im Bremer Stadtgebiet. Diese seit knapp zwei Jahren auftretenden Erschütterungen wurden aufgrund ihres sehr begrenzten Auftretens jedoch auf Erschütterungen durch die zahlreichen innerstädtischen Bauarbeiten zurückgeführt.

36

Adolf Drees lächelte zufrieden. Die Zeit war nah und alle potenziellen Störer hatte er aus dem Verkehr gezogen.

Interessiert nahm er das noch auf dem Tisch liegende Tablet von David in die Hand und betrachtete es. „Damit kann man etwas aufnehmen und etwas darauf schreiben."

„Du musst nur mit dem Finger nach oben wischen." rief Werner ihm zu.

Über viele Minuten las und blätterte Adolf Drees interessiert durch die zahlreichen Dateien, Notizen und Fotos des Tablets. Seine Miene ließ nicht erahnen, was in ihm vorging.

„Es ist unglaublich, was die beiden in so kurzer Zeit zusammengetragen haben. Wenn wir noch etwas länger gewartet hätten, wären sie über alles, was passieren wird informiert. Ich hätte nicht gedacht, dass man ganz einfach an alle Hintergründe kommt. Über Jahrzehnte haben wir so viele Nebelkerzen geworfen."

Werner Drees grinste: „Selbst wenn, was sollten Sie dagegen unternehmen können? Es ist nicht mehr aufzuhalten."

„Doch, es gäbe noch Möglichkeiten. Wir dürfen auf den letzten Metern nicht unvorsichtig werden. Der Prozess kann noch aufgehalten werden."

„Davon hast du noch nie erzählt. Wie sollte das gehen?"

„Die Energien können erneut abgeleitet werden, auch Ley-Linien."

„In der Kürze der Zeit wird niemand eine traditionelle Kirche mit einem fast 100 Meter hohen Kirchturm bauen."

„Den braucht es nicht unbedingt. Aber egal, lass uns nicht theoretisieren. Wir müssen ein paar Helfer organisieren, die die Leute aus dem Zimmer zum richtigen Zeitpunkt in die Ostkrypta des Doms bringen. Wenn Sie erstmal unter dem Schutt und den Trümmern der Kirche begraben sind, fragt niemand mehr, warum Sie eigentlich dort waren."

„Auf uns wird sowieso kein Verdacht fallen. Ich spreche mit meinen serbischen Freunden. Die sind für so einen kleinen Auftrag immer ausgesprochen dankbar."

„Alles klar, ich bleibe noch ein wenig hier und lese, die Notizen und Texte dieses Amerikaners. Lass dir ruhig Zeit."

„Fühlst du dich auch fit genug, falls nebenan irgendetwas passiert?"

Adolf Drees schaute mit einem milden Lächeln auf die Pistole, die vor ihm auf dem Tisch lag: „Meine kleine Erika hat mich gut durch den Krieg gebracht, ich habe keine Bedenken, dass sie mir auch weiterhin zur Seite stehen wird."

Werner blickte ihn mit einem leicht säuerlich zusammengezogenen Mund an, sagte jedoch nichts. Er kannte die zahlreichen Geschichten seines Vaters nur zu gut. Sie wurden auch durch häufige Wiederholung nicht besser.

Nachdem Werner Drees gegangen war, schritt sein Vater langsam zu dem alten Taufbecken und nahm mit dem bereitstehenden Becher etwas von dem Wasser daraus.

„Ewiges Leben" murmelte er und trank den Becher in einem Zug aus.

Nachdem er sich wieder gesetzt hatte, las er weiter in Davids Notizen. Manchmal huschte ein Lächeln über seine Lippen. Es war ja niemand da, der es hätte sehen können.

37

„Nachdem wir uns alle jetzt so lieb vorgestellt haben und die Geschichte dazu geklärt hätten, könnten wir möglicherweise überlegen, wie wir hier rauskommen?" David blickte sich fragend um.

„Immerhin sind wir hier zu viert und die beiden sind nur zu zweit. Das sollten wir doch wohl zusammen irgendwie hinbekommen." bemerkte Julia voller Zuversicht.

„Du meinst, die klassische Überrumplungstaktik? Dann erzähl mal von deinem Plan."

„Wenn die beiden uns umbringen wollten, hätten sie es hier unten doch längst ohne irgendwelche Zeugen tun können. Also haben sie ein Interesse daran, uns am Leben zu lassen. Das heißt auch, sie müssten uns irgendwann mit Lebensmitteln und Getränken versorgen und hoffentlich auch einen Toilettengang zulassen."

„Und der Plan?"

„Da du der einzige Mann hier bist, denken die beiden sicherlich, dass von dir die größte Gefahr ausgeht."

„Tut sie nicht?"

„Ich bin die Highland-Gamerin. Ob ich nun einen Baumstamm werfe oder so ein Arschloch mit Pistole umhaue, da sehe ich kein Problem. Ein Baumstamm hat mehr Gewicht."

Friederike schaltete sich ein: „Klingt für mich logisch. Da mache ich mit."

Julia grinste: „Super. David, du musst dich an die andere Seite des Tisches setzen, damit du sofort gesehen wirst, wenn jemand hereinkommt. Dann scheint für die Herren Drees die größte Gefahr gebannt. Am besten setzt Ute sich auch in das Sichtfeld von der Tür, so hat man gleich den Eindruck, alles zu überblicken wenn man hier hereinschaut."

David und Ute setzten sich an eine Seite des Tisches, während Friederike und Julia an der Türseite Platz nahmen.

„Friederike, du versuchst einen der Beiden her zu rufen. Sag einfach, du musst aufs Klo. Wenn alles so läuft, wie ich es mir vorstelle, wird einer von beiden mit der Pistole herkommen. Dann werde ich tätig."

„Sehr gute Idee, ich müsste wirklich mal."

Die Einzelheiten wurden noch kurz besprochen, dann begann Friederike zu rufen.

„Hallo!... Hallo!... Könnten Sie bitte mal kommen. Hallo!"

Nach einer gefühlt endlosen Minute hörte man den Schlüssel im Schloss drehen und die Tür öffnete sich langsam. Vorsichtig trat Adolf Drees in den Türrahmen. Die Pistole in den Raum gerichtet, blickte er in den Raum.

„Ich müsste mal dringend aufs Klo." Friederike blickte ihn mit einem mitleidigen Blick an.

Der Alte blickte in Richtung von David: „Alle bleiben schön an ihren Plätzen. Du stehst jetzt langsam auf."

Friederike versuchte umständlich mit den auf dem Rücken gefesselten Händen aufzustehen.

Julia hatte bereits vorgebeugt auf ihrem Stuhl eine richtige Position gefunden. Von einer Sekunde zur anderen schoss sie von ihrem Stuhl hoch und rammte ihre Schulter mit unglaublicher Wucht gegen den Brustkorb des alten Drees. Dieser torkelte völlig überrascht nach hinten und suchte mit seinen Händen instinktiv Halt. Julia drängte weiter nach vorn, sprang leicht hoch und traf mit ihrer Schulter direkt das Kinn ihres Gegenübers. Dieser torkelte sichtlich benommen und vom Vorstoß völlig überrascht nach hinten, strauchelte und knallte mit dem Hinterkopf auf den Rand des Taufbeckens. Adolf Drees blieb besinnungslos am Boden liegen. Aus einer Platzwunde am Hinterkopf strömte Blut auf den Fußboden.

„Hast du genug, du Arsch?" Julia war voll in Fahrt.

Auch David war sofort zur Stelle, bereit einen zweiten Gegner mit Fußtritten abzuwehren. Er sah jedoch schnell, dass sein Einsatz hier nicht mehr notwendig war. Werner Drees war nirgendwo zu sehen.

„Mit dir möchte ich auch nie aneinandergeraten." Er blickte anerkennend zu Julia.

„Da sage mal Jemand, man könne mit Highland Games in Deutschland nichts anfangen. Der war gefühlt wirklich leichter als ein Baumstamm." Julia konnte bereits wieder triumphierend grinsen.

Die Kabelbinder waren erstaunlich schnell an einer Mauerkante durchgescheuert und Julia konnte mit ihrem Mobiltelefon die Polizei informieren.

„Satan, die Ratte. Wer hätte gedacht, dass deine Recherchen doch mal richtig spannend werden."

„Ich schreibe lieber spannende Artikel, als dass mir so etwas passiert."

„Soll ich dem Arschloch hier einen Krankenwagen rufen? Der blutet wie ein Schwein." Julia schaute auf den immer noch bewusstlosen Adolf Drees.

„Lass mich das machen. Pass du mit den Anderen unbedingt auf, dass uns sein Sohn nicht überrascht bevor die Polizei kommt. Nimm mal lieber die Pistole an dich."

Die Polizei war direkt neben der Stadtbibliothek stationiert. So stiegen die ersten Beamten bereits nach nur wenigen Minuten die Kellertreppe herunter. Der Rettungswagen für Adolf Drees erreichte den Ort des Geschehens kurze Zeit später.

38

Joachim hatte seinen amerikanischen Nachbarn und Julia zum abendlichen Grillen eingeladen. Die Terrasse an seinem Haus wurde von einem neuen imposanten Gasgrill dominiert. In einer Aluschale garten bereits verschiedene bunte Gemüsestücke still vor sich hin. Auf dem Tisch daneben lagen ein paar gigantische T-Bone Steaks bereit.

Während David original amerikanischen Coleslaw beisteuerte, hatte Julia sich um frisches Baguette gekümmert.

„Die Polizei rätselt noch, warum ihr und die beiden anderen Frauen von diesen beiden Brunnenbauern gekidnappt wurdet." Joachim versuchte subtil an ein paar Informationen zu kommen, die noch nicht durch Fernsehen und Zeitung veröffentlicht wurden.

„Der alte Drees liegt noch im Koma und sein Sohn macht vom Aussageverweigerungsrecht Gebrauch. Vielleicht werden wir die wahren Hintergründe nie erfahren." versuchte David etwas abzuwiegeln.

„Aber du erzählst mir doch alles, wenn sich etwas Neues ergibt, Nachbar?"

„Na klar. Wenn es zu jeder Information solche Steaks bei dir gibt, habe ich natürlich eine ganz andere Motivation."

„Kein Problem."

„Können wir hier gleich noch Regionalnachrichten schauen?" Julia blickte zu dem riesigen Flachbildschirm an der Wand im hinteren Teil der überdachten Terrasse.

„Genau für solche Wünsche habe ich das Teil dort anbauen lassen. Mach ruhig schon an." Joachim reichte Julia die Fernbedienung.

„Die Artikelserie hatte tatsächlich einen fulminanten Start. Da hat das Kidnapping sicherlich einen gewissen Anteil dran. Die ersten größeren Spenden für einen Wiederaufbau von St. Ansgarii sind bereits geflossen. In den vergangenen Tagen hat sich so unglaublich viel getan." berichtete David stolz.

Im Fernseher lief der Vorspann der „Schlüssel-Nachrichten", die vorabendliche Nachrichtensendung des Landes Bremen.
Joachim öffnete jedem eine Flasche Bier und alle schauten gebannt auf den riesigen Bildschirm.

Der mögliche Wiederaufbau von St. Ansgarii wurde gleich im ersten Bericht behandelt. Julia machte etwas lauter und sie lauschten gebannt:
„Bremen hat ein neues Wahrzeichen erhalten. An genau der Stelle, an der sich vor dem Krieg Bremens höchster Kirchturm in den Himmel reckte, steht seit gestern dieser fast 100 Meter hohe Mast. Er soll nicht nur die ursprüngliche Höhe des Kirchturms veranschaulichen, er ist auch ein überdimensionales Spendenbarometer. Diese rote Kugel steigt mit dem Spendenaufkommen. Ist die Kugel oben angelangt, reichen die Mittel für einen vollständigen Wiederaufbau der Kirche aus."
Die Kamera zeigte den schlanken Mast auf dem St. Ansgarii Kirchhof. Die besagte rote Kugel war

tatsächlich schon einige Meter vom Boden nach oben gezogen.

„Viele Bremer Bürger und Vereinigungen begrüßen diesen neuen Impuls für die Innenstadt sehr. Auch aus den USA fließen Beträge für den Wiederaufbau. Es waren US-Bomber, die für den Einsturz des Turmes in die Kirche 1944 verantwortlich waren. Die Kirche soll ein Symbol für den Frieden über religiöse Grenzen hinweg werden. Ein Raum für Kunst, Ausstellungen und Begegnung."

David nippte lächelnd an seinem Bier: „Wir wären sogar noch zwei Tage eher mit dem Mast fertig gewesen, aber er musste noch mit Quarzsand beschichtet werden. Damit erinnert er noch besser an den ursprünglichen Turm."

Joachim hatte die Steaks bereits auf den Grill gelegt.

Niemandem in Bremen war bisher der leichte bläuliche Schimmer an der Spitze des Mastes aufgefallen. Die Erdbebenwarte Bremen registrierte seit einigen Tagen eine deutliche Glättung der Erschütterungslinien. Möglicherweise waren die Bauarbeiten beendet.

Bitte beachten Sie auch die Sachbücher zur Flaggenkunde von Jörg M. Karaschewski:

Die Geschichte der Bremer Flagge

Hardcover
128 Seiten
ISBN-13: 9783743163218
Preis: € 24,90

Eine Ruhmeshalle für Kaisers Flaggen

Paperback
164 Seiten
ISBN-13: 9783732236886
Preis: € 15,90

Und weitere Sachbücher, im Online-Buchhandel und stationären Buchhandel bestellbar. Teilweise auch als eBook erhältlich.